SHIRLEY

Impressum:
ISBN: 978-3-903113-60-2

Media Quarter Marx 3.2
A-1030 Wien, Maria-Jacobi-Gasse 1

Coverfoto: Inge Prader
Illustration: shutterstock
Produktion: Ilse Helmreich
Layout: Elisabeth Waidhofer
Lektorat: Regina Moshammer
Herstellungsort: Wien
Besuchen Sie uns im Internet:
www.echomedia-buch.at

»Solange es Hunde und gute Komödien in meinem Leben gibt, bin ich glücklich.«

Shirley MacLaine

... Ich auch!

VORWORT

Ehe ich vor etwa 20 Jahren Chris Lohner kennenlernen durfte, lernte ich Stanley kennen. Stanley war ein kleiner, feiner Mann mit weisen Gesichtszügen, viel Elan und immer der Erste am Gartentor. Somit durfte ich ihn um wenige Minuten früher kennenlernen als sein Frauerl. Dieses verlässliche Empfangskomitee auf vier Pfoten trotzte den Jahres- und frühen Uhrzeiten. Ich wurde jedes Mal persönlich vom Tor abgeholt und ins Haus geleitet. Damals war es meine Aufgabe, ein- bis zweimal wöchentlich – in den Morgenstunden – als Personal Trainer für Chris für mehr Frauchenfitness und mehr Frauchenbeweglichkeit zu sorgen. Und als gute Trainerin geht man mit in die Knie, wenn man das frühmorgens von seiner Kundin verlangt.

Und natürlich legt man sich für diverse Übungen auch auf den Boden und kämpft und schwitzt mit dem trainingswilligen Frauchen. Ach ja, und dem Hund. Nur kämpften wir weniger gegen den inneren Schweinehund als vielmehr gegen Stanley, den kleinen Cairn Terrier, der unser „Entgegenkommen“ als eine Aufforderung verstand, seine nasse Nase an unsere zu pressen. Und wenn die Menschinnen schon mal so unwürdig auf dem Boden rollten, konnte man ja auch gut noch andere Bereiche beschnuppern. Stanley nutzte jedes Mal die Gunst der Stunde, wenn er uns schon mal auf Augenhöhe hatte. Auf diese Weise lernten wir drei uns wirklich gut kennen. Viel näher und viel schneller, als ich das je für möglich gehalten hätte. Dieses Pfotengetrappel, das uns über die Jahre beim Schwitzen bereicherte und motivierte, hat uns auch verbunden. Wir sind vernarrt in unsere Fellnasen. Beide haben wir einen Hund, ich habe noch zwei Katzen. Beide haben wir den Versuch gewagt, ohne Haustier auszukommen, beide sind wir kläglich gescheitert.

Heute lebt bei Chris ein Mädchen, eine kleine Shirley. Oder ist es umgekehrt? Es ist, wie es ist und wie es immer schon war. Auch wenn der Besucher nicht auf dem Boden rollt, muss er sich erst dem kleinen, freundlichen Empfangskomitee widmen, es abschnuddeln und sich annähernd auf Augenhöhe begeben. Erst dann gibt Shirley den Weg frei. Wen Chris in ihr Haus lässt, entscheidet der Umgang mit der freundlichen, aber wählerischen Fellnase am Tor. Respektvoll? Liebevoll? Aufmerksam? Einfühlsam? Eines ist klar: Am Hund führt kein Weg vorbei und wer Tiere liebt, darf schon Mal auf direktem Weg in Chris Lohners Herz.

Chris hat ebenfalls eine gute Spürnase für Geschichten und Erzählenswertes, das hat sie jahrelang mit jedem ihrer Bücher bewiesen. Jetzt ist Shirley an der Reihe, als Hauptdarstellerin dieses Buches ohne Umwege in Leserherzen zu trappeln.

Ich kenne die Kleine persönlich und weiß daher, dass auf eine Prinzessin wie Shirley Verlass ist, und verspreche Ihnen eine sofortige Liebhabgarantie.

Monica Weinzettl

„Bitte, bitte einen Hund! Ich kümmere mich auch ganz allein um ihn, biiiiitte!“

Schon als Kind wollte ich unbedingt einen Hund. Un-be-dingt! Und ich war bereit, alles dafür zu tun. Einfach alles.

Hab meine Eltern endlos damit genervt.

Die Bitte wurde aber schon deshalb nicht erfüllt, weil in unserem Zinshaus in den Wohnungen Tiere nicht erlaubt waren. Ich meine, große Tiere, so wie Hund oder Katz. Schildkröten, Goldhamster oder Fische, das wär schon okay gewesen. Ja, am besten ein Fisch. Der Hammer! Ein cooler Spielgefährte für ein kleines achtjähriges Mäderl, ein echtes Kuscheltier.

Letzten Endes wurde es ein grüner Wellensittich mit dem extravaganten Namen: Burli. Im Gegensatz zu seinem Namen war er tatsächlich ein eher außergewöhnliches Tier. Während mein Vater sich rasierte, saß er überaus interessiert auf seinem Kopf. Er war eben ein sehr neugieriger Vogel, durfte auch frei rumfliegen, was ihm großen Spaß machte. Das wurde ihm allerdings eines Tages zum Verhängnis. In seiner unendlichen Neugier steckte er seinen Kopf in einen Honigtopf. Es war fast unmöglich, die klebrige Masse von seinem Kopf zu entfernen. Jedenfalls ist danach keine einzige Feder mehr nachgewachsen. Vogel mit Glatze!

Meine Schwester und ich haben ihn sehr geliebt. Sein Tod war für uns Kinder der erste Abschied von einem geliebten Geschöpf. Aber immerhin wurde Burli 12 Jahre alt. Und das ist sehr alt für einen Wellensittich!

Der Wunsch nach einem Hund ist jedoch geblieben. Und den hab ich mir dann endlich als erwachsenes Mädel erfüllt.

Das ist allerdings schon lange her!

Also der Reihe nach.

Damals, nach meinem abgeschlossenen Schauspielstudium und nach meiner Modelkarriere, für die ich in halb Europa unterwegs war, bin ich wieder zurück nach Wien, in der Hoffnung auf ein Engagement am Theater. Und weil so etwas ja nicht von heute auf morgen passiert, war ich auf der Suche nach einem Job. Quasi als Zwischenstation. Beim ORF wurden Sprecherinnen gesucht. Ich bewarb mich und wurde engagiert. Obwohl ich damals eigentlich gar nicht genau wusste, was ich da zu tun hätte. Als Model in Zürich oder Paris saß ich ja abends nie vor dem Fernseher. Da hatte ich – na ja – Besseres zu tun. Und als ich noch ein Kind war, gab's zu Hause keinen Fernseher.

Jedenfalls wurde aus dem Nebenjob mein Hauptberuf, 30 Jahre lang! Und damit der ORF meine berufliche Heimat. Das war schon sehr fein, denn Fernsehen ist so vielschichtig, so bunt und hat sehr viel zu bieten. Bald war ich ja nicht mehr nur

Programmansagerin, so hieß das damals, ich konnte auch mein komödiantisches Talent ausleben, wie zum Beispiel in „Kottan“, in „Tohuwabohu“, in verschiedenen Fernsehspielen oder in sehr witzigen videoclipartigen Sketches und in Fernsehserien. Neben Zaubershows und Galas habe ich Verschiedenes moderiert und im Sommer durfte ich an ein paar Wochenenden Theater spielen. Dazu kam noch meine Arbeit als Journalistin für verschiedene Talkshows, vor allem bei 3sat. Ich hatte Gelegenheit, so großartige Menschen wie den Dalai Lama oder Viktor Frankl zu interviewen. Diese Vielschichtigkeit und Buntheit haben mich sehr bereichert, ich fühlte mich wie im Paradies! Abgesehen von Neidgenossenschaft und Intrigen, die ja üblicherweise überall dort vorkommen, wo mehr als zwei Menschen miteinander arbeiten. War ja letzten Endes im Paradies auch nicht anders …

Aber alles in allem: Eine wunderbare Zeit, die ich nicht missen möchte.

Und so wurde ich sesshaft und erfüllte mir endlich meinen Jugendtraum. Ich wurde Hundemutter von einem kleinen Yorkshire Terrier und nannte ihn Henry. Mittlerweile, als erfahrene Hundekennerin, weiß ich, dass Henry für einen Yorkie gar nicht so klein war. Immerhin hatte er doch viereinhalb Kilo. Schon ein richtiger Hund. Kein Schoßhündchen, das man in die Handtasche stecken konnte. Wobei oft die winzigsten Hunde das größte Ego haben und die größten Hunde sich wie Schoßhunde benehmen. Eine befreundete Dogge hat sich regelmäßig blitzartig auf meinen Schoß gezwängt, um zu kuscheln, wenn ich ihre Besitzer besucht habe. 70 Kilo Hund auf mir mit meinen 50 Kilo. Damals war ich ja wirklich noch ein Strich in der Landschaft. Heute bin ich Landschaft …

Henry war Brite und sehr eigenwillig. Außer von mir ließ er sich kaum von jemand anderem angreifen und empfand es offenbar als Verletzung seiner Intimsphäre, wenn es doch jemand tat. Und wie kann man sich als kleiner Hund gegen so einen unverschämten Zugriff wehren? Ganz klar. Mit den Zähnen.

Vorher gab's ein kurzes Knurren als Warnung, eindringlich und unmissverständlich, wenn sich eine fremde Hand näherte. Aber wenn diese nicht zu stoppen war, dann hat Henry zugebissen.

Mein jeweils besorgter Hinweis: „Bitte greifen Sie meinen Hund nicht an, der beißt!", wurde kühn abgetan:

„Geh, ich bitt Sie, mi hat noch nie a Hund bissen."

Na ja, alles im Leben passiert einem ja bekanntlich irgendwann zum ersten Mal.

Ich konnte mir nicht erklären, warum Henry so handscheu und eigentlich ein Angstbeißer war. Irgendetwas Schlimmes musste mit dem winzigen Welpen passiert sein, bevor er zu mir gekommen war.

Ich habe nie herausfinden können, was das gewesen ist. Der Züchter hat wiederholt beteuert, dass es dem Hund immer gut gegangen sei … Na ja! Ich habe mein Bestes getan, Henry ein schönes Leben zu bereiten, mit all der Unerfahrenheit als Neuling in Sachen Hundehaltung.

Apropos Zähne! Henry und ich lebten bereits ein ganzes Jahr friedlich miteinander, als mich meine ehemalige Modelagentin aus Zürich anrief:

„Du, ich hab ein tolles Angebot für dich! Ein Kunde aus Deutschland hätte dich gern für eine Schurwollkampagne: TV-Spot, Plakate, das Ganze Pipapo. Hättest du Lust, ausnahmsweise noch ein letztes Mal als Model zu arbeiten?"

Hatte ich eigentlich nicht.

Meine bewährte Devise: Blick nach vorne, nicht zurück!

Ich habe schon immer neue Herausforderungen gesucht, anstatt mich auf irgendwelchen Lorbeeren auszuruhen oder in routinemäßiger Bequemlichkeit zu versinken. Das ist nichts für mich!

Aber: Was soll ich lang rumreden. Ich bin dann doch noch ein letztes Mal dem „Ruf des Goldes" gefolgt, nicht zuletzt angesichts meiner Einkünfte beim Fernsehen! Die waren halt schon andere Gagen als in meiner Modelzeit. Für einen Abend als Sprecherin hab ich weitaus weniger bekommen als für eine Stunde als Model. Muss man sich mal vorstellen!!!

War aber durchaus okay so. Hat mich nicht gestört.

Ich hab ja als Model am Beginn auch nicht sofort die Höchstgagen kassiert. Ich finde das ganz normal, wenn man mit etwas Neuem beginnt.

Nach kurzer Bedenkzeit Anruf in Zürich bei meiner Agentin:

„Also gut. Aber nur unter einer Bedingung: Mein kleiner Hund muss mit und ich will bei Tessy wohnen."

Sie war eine alte Freundin aus meiner Modelzeit und wir waren noch immer in Kontakt.

Also: auf nach Zürich. Für eine ganze Woche.

Großes Hallo bei meinen Schweizer Freunden, die ich lange nicht gesehen hatte, und viel Spaß mit Tessy, aber auch viel Arbeit. So an die 12 Stunden täglich vor der Kamera. Tessy hat sich sofort in Henry verliebt und er in sie. Als einer von wenigen Menschen durfte sie ihn angreifen, streicheln und mit ihm rumtollen. Ausnahmsweise!

Und dann, am dritten Abend, fing Henry ganz fürchterlich zu jammern und zu winseln an. Und ich war verzweifelt, weil ich keine Ahnung hatte, was mit ihm los war. Ich untersuchte ihn und fand nichts. Nach Wien konnte ich noch nicht zurück und in Zürich kannte ich ja keine Tierärzte.

In meiner Verzweiflung hab ich meinen Tierarzt in Wien angerufen. Er hat mich beruhigt:

„Reg dich bitte nicht auf! Alles wird gut! Weißt du, ein ungarischer Kollege, mit dem ich in Wien studiert habe, ist jetzt Tierarzt in Zürich. Und den werde ich anrufen und dich ankündigen. Also, alles Gute und melde dich danach."

Glück im Unglück ...

Mit Tessy an meiner Seite und mit Henry auf dem Arm zog ich los. In der Ordi wusste man bereits Bescheid und wir drei wurden von der Assistentin freundlich empfangen.

Na ja, und dann kam ER! Der Herr Doktor!

Was für ein Mann!

Groß, blond, braungebrannt. Strahlendes Lächeln, strahlend weiße Zähne. Quasi als Verpackung des Ganzen trug dieser Mensch

Jeans und darüber einen kurzen, weißen Arztkittel, der vorne geschlossen und hinten ein wenig offen war, so wie bei den typischen Spitalshemden, und dadurch zwangsläufig den Blick auf den braungebrannten, muskulösen Rücken lenkte.

Der Mann wusste um seine Wirkung, so viel war sicher! Meine Freundin Tessy starrte ihn sofort verzückt an! Mir was das alles ziemlich egal. Ich hatte andere Sorgen.

Nach einem prüfenden Blick in Henrys Maul stand fest: Ein Zahn musste gezogen werden!

„Na gut! Dann bitte los!"

„Wollen Sie zusän?" Starker ungarischer Akzent

„Ja, natürlich! Ist ja mein Hund!"

„Aber wenn Sie wärden ohnmächtig, Sie, bittä, follen nur in meinä Richtung!"

Na gut, auch recht.

Henry bekam eine kurze Narkose, der Zahn wurde gezogen, ich bezahlte die Rechnung und verabschiedete mich. Erleichtert, sehr erleichtert.

Nur Tessy stand noch wie angewurzelt da und starrte immer noch verzückt auf den Bilderbuchdoktor.

„Na, komm schon!"

Tessy, mit Sternchen in den Augen und Erotik in der Stimme:

„Morgen kauf ich mir ein Meerschwein!"

Ende gut, alles gut.

Das Leben mit Henry hab ich sehr genossen! Ich war glücklich. Endlich ein Hund! Ob er anfangs auch so glücklich mit mir war, möchte ich ein wenig bezweifeln, denn ich hatte ja, wie schon erwähnt, von Hundeerziehung keine Ahnung. Nun, Henry hat sich selbst erzogen und mich gleich dazu. Und ich habe viel von ihm gelernt. Davon sollten später auch noch andere Hunde profitieren.

Übrigens: Achtung! Erster erhobener Zeigefinger!

Bevor man sich einen Hund nimmt, ist es wichtig, im eigenen Interesse zu klären, wer sich um den Vierbeiner kümmern kann, falls man krank wird oder sonst wie verhindert ist.

In meinem Fall waren es meine Eltern, große Hundeliebhaber, die gern auf Henry aufgepasst haben. Das war sehr beruhigend.

Ich liebte meinen kleinen Hund über alles und diese Liebe wurde hundertfach erwidert! Im Hund spiegelt sich ja meiner Meinung nach der Besitzer wider. Allerdings, was Henry betrifft, so muss man mir einfach glauben, dass ich noch nie jemanden gebissen habe!

Und dann heißt es ja auch noch im Allgemeinen, dass Hundebesitzer mit den Jahren ihren Hunden immer ähnlicher werden. Da ist schon was dran ... Was für ein Glück, dass ich auf Terrier mit lustigen Gesichtern stehe und nicht auf Bulldoggen oder Pekinesen.

Apropos Pekinesen! Ich habe noch immer ein ganz lebendiges Bild vor mir, so als wäre es gestern gewesen. Auf meinem Schulweg kam ich täglich an einem Lederwarengeschäft vorbei. Der Besitzer stand immer in der Tür und zu seinen Füßen saß sein Hund. Ein Pekinese, kleines Gesichtchen mit Stupsnase, wie das halt für Pekinesen so typisch ist. Blond und Mittelscheitel. Und genau dasselbe Bild bot sich mir etwas höher: ein Mann mit Stupsnase, blond, mit Mittelscheitel! Hund und Herrchen: ein Gesicht. Ich werde das nie vergessen.

Aber weiter zu meinem Henry. Von Anfang an hatte ich mir geschworen, sollte er eines Tages so krank werden, dass man ihm nicht mehr helfen könnte, so würde ich ihn niemals leiden lassen, keine Sekunde, nur weil ich mich nicht von ihm trennen wollte. Das ist einfach purer Egoismus. Nach 14 Jahren, als es so weit war, habe ich ihn losgelassen. Das war ich ihm schuldig.

Henry durfte über die Regenbogenbrücke gehen … Ich war unendlich traurig. Ein heulendes Elend.

Ich musste am nächsten Tag vor die Kamera und durfte ausnahmsweise mit Sonnenbrille auftreten, weil ich so dermaßen verheult war. Menschen, die noch nie mit einem Tier gelebt und es geliebt haben, können die Trauer über meinen Verlust vermutlich nicht verstehen.

Auch nicht, wie man an einem Tier nur so hängen kann. „Ist doch nur ein Hund!"

Aber wer das schon mal erlebt hat, der kann nachempfinden, wie es mir ergangen ist. Ein Hund bleibt ja ein ewiges Baby, total abhängig von uns.

Tag und Nacht! Nicht so wie eine Katze, die schon mal ihrer Wege geht.

Und für mich ist ein Hund ein Familienmitglied, das einem ans Herz gewachsen ist. Eines, um das man sich ein Leben lang kümmern muss. Ein ganzes Tierleben lang.

Anders als bei unseren Kindern, die sich irgendwann ihr eigenes Leben einrichten und froh sind, wenn man sich nicht andauernd in ihre Angelegenheiten einmischt.

Lange Zeit nach Henrys Tod hat mich dann wieder die Sehnsucht nach einem Hund gepackt.

Meine Freunde:

„Bist du ganz sicher?"

„Ja, doch, ja, ich will wieder einen Hund, unbedingt, aber keinen Yorkshire Terrier mehr. Ich will ja nicht ständig den Nachfolger mit Henry vergleichen. Na, sicher nicht! Und das passiert ja unwillkürlich, wenn man sich wieder dieselbe Rasse nimmt."

Aber ein Terrier sollte es schon sein. Ich hatte ja als Hundemutter festgestellt, dass ich durchaus eine Terrier-Frau bin.

Terrier sind selbständig, mutig, eigensinnig, selbstbewusst und vor allem nicht unterwürfig. Das gefällt mir sehr. Passen gut zu mir. Ich will keinen Hund, der bei meinem Erscheinen schon voller Ehrfurcht auf dem Boden robbt. Freuen soll er sich, ja, das genügt und dann wieder zur Tagesordnung übergehen. Machen, was er halt so geplant hatte … und hin und wieder kuscheln. Freiwillig.

Ich war also reif für einen neuen Hausgenossen.

Eines Tages sah ich in einem Werbespot im Fernsehen einen kleinen, quirligen Hund, der genau so aussah wie Toto, der Hund in dem Film „Der Zauberer von Oz“ mit Judy Garland. Lang ist's her, aber ich erinnere mich noch ganz genau daran, obwohl ich damals ja noch ein Kind war. Die Geschichte hatte mich so aufgeregt, dass ich danach Fieber bekam.

Meine Nachforschungen ergaben dann, dass es sich in dem Werbespot um einen Cairn Terrier handelte. Und so einen Hund wollte ich unbedingt haben.

Also auf ins Internet. Und siehe da: Cairn Terrier gibt es in fast allen möglichen Farben, außer in Grün und Lila.

Sie haben lustige Koboldgesichter, keiner sieht aus wie der andere. Hinreißend!

Im Internet habe ich auch noch Folgendes gefunden: Eine Legende besagt, dass der Schotte Colonel Edward Donald Malcolm of Poltalloch einen roten Lieblings-Cairn hatte.

Dieser Rüde wurde bei einer Jagd mit einem Fuchs verwechselt und irrtümlich erschossen. Unendlich traurig befahl Colonel Malcolm dem Züchter, so lange zu kreuzen, bis es nur noch weiße Terrier gab, die man dann auf der Jagd leichter erkennen konnte. Und so entstand der Westie, der West Highland White Terrier.

Und deshalb findet man heute zuweilen bei einem Cairn Terrier weiße Haare und bei einem Westie hin und wieder auch noch schwarze Haare.

Wie sagen die Italiener?

„Se non è vero, è ben trovato."

„Wenn es nicht wahr ist, so ist es doch gut erfunden."

Das mit den weißen und schwarzen Haaren stimmt allerdings.

Fest steht auch: Ein Westie sieht, was die Figur betrifft, fast genauso aus wie ein Cairn.

Und einen Cairn wollte ich unbedingt haben.

Vielleicht sogar einen roten, tät ja gut zu meiner Haarfarbe passen! Grins!!!!

Na jedenfalls, Züchter gesucht und gefunden! In Holland, in einem kleinen Dorf an der deutsch-holländischen Grenze. Also, nix wie hin.

Natürlich könnten Sie jetzt sagen:

„Warum sind Sie nicht in ein Tierheim gegangen und haben sich von dort einen Hund geholt?"

„Na ja, es sollte halt wieder ein kleiner Hund sein, damit er mit an Bord darf, wenn ich als Moderatorin zu 3sat nach Deutschland muss. Henry hatte ich immer im Flugzeug mit. Und ich wollte halt unbedingt einen Cairn. Der ist auch klein und darf auch mit an Bord."

Übrigens: Nicht nur einmal wurde mein Henry damals auf dem Weg zu 3sat von irgendeinem Witzbold angequatscht, während wir ins Flugzeug einstiegen:

„Wo wohnt denn dein Frauchen?"

Meine Antwort: „Er kann noch nicht sprechen."

Also auf nach Holland via Düsseldorf. Als ich in dem kleinen Dorf ankam und endlich das Haus der Züchterin gefunden hatte, wusste ich sofort: Hier war ich richtig! Hundegebell in verschiedensten Tonlagen war nicht zu überhören.

Anni, die Züchterin, die mich schon erwartete, führte mich in das Hundezimmer, in dem sich etwa 20 Cairns groß und klein in verschiedenen Farben tummelten.

Mitten unter den „Erwachsenen" kugelten die Kleinen herum, wurden hie und da von den Oldies zur Ordnung gerufen oder auch liebkost!

Der Frechste von allen, der immer wieder einen kleinen Rempler einstecken musste, das war, wie sich sehr bald herausstellte, „meiner".

Stanley von Lochnagar!

Ein kleiner Einschub für alle Whisky-Freunde.

Hab ich aus dem Netz.

Lochnagar ist berühmt für seinen Whisky. Dieser Highland-Scotch wird bis heute vom britischen Königshaus geschätzt, seit Queen Victoria und Prince Albert 1848 auf Einladung des Eigentümers John Begg die Destillerie zum ersten Mal besichtigten. Royal Lochnagar ist bekannt für sein königliches Gütesiegel und seinen herausragenden Geschmack. Beides verdankt er seiner unglaublichen Lage, denn die Brennerei liegt eine Meile von Balmoral Castle entfernt, am Fuße der Cairngorm Mountains, und hat Zugang zum kristallklaren Wasser der Scarnock-Quellen.

So viel zu Stanleys Herkunft!

Züchterin Anni, eine sehr freundliche, lustige Holländerin, machte Stanley und mich miteinander bekannt und wir beide „beschnupperten“ einander zum ersten Mal. Ich weiß natürlich nicht, was Stanley über mich dachte, ich fand ihn entzückend.

Er war nicht rot, sondern hatte einen kohlschwarzen Kopf und einen dunkelgrauen Körper mit ganz wenigen hellen Borsten. Ja, er war vielleicht ein wenig zu dick und Kopf und Körper passten noch nicht so ganz zusammen. Aber am Beispiel seiner Eltern, die mir auch vorgestellt wurden, versicherte mir Anni, könne ich schon sehen, was mal aus ihm würde.

Nun, er ist sehr hübsch geworden!

Nach einigen wichtigen Informationen über meinen neuen Vierbeiner erklärte sich Anni bereit, mich mit ihrem Auto nach Düsseldorf zum Flughafen zu bringen. Ich hatte Stanley bereits von Wien aus für den Rückflug angemeldet und einer angenehmen Reise sollte also nichts im Wege stehen. Mein kleiner Welpe, etwa ein halbes Kilo Hund, saß während der Autofahrt auf meinen Knien und verhielt sich mustergültig! Wir passierten die Grenze – damals noch nicht EU – und erreichten rechtzeitig den Flughafen. Ich winkte Anni noch zum Abschied und ging zum Check-in. Als Hund und Frau an der Reihe waren und ich meinen Pass und mein Ticket aus der Tasche holen wollte, waren sie nicht da! Schock pur! Aber ich wusste sofort: Pass und Ticket waren auf dem Weg zurück nach Holland. Im Seitenfach von Annis Autotür.

Jetzt hieß es, einen kühlen Kopf zu bewahren. Hatte ich doch am nächsten Tag Abenddienst beim ORF und konnte es mir keineswegs leisten, nicht zu erscheinen.

Also, auf zur Flughafenpolizei, damit ich irgendwie durch die Passkontrolle kam.

Wie unkompliziert ist das heute! Aber damals, ohne Pass. Ging gar nicht!

Da stand ich also mit meinem kleinen Hund vor drei Polizisten und schilderte ihnen verzweifelt mein Problem. Mit todernster Miene betrachteten sie mich und Stanley und fragten mich, was das auf meinem Arm denn mal würde.

„Das ist mein neuer Hund. Ein Cairn Terrier."

Sie konnten sich vor Lachen kaum halten, auch hörte ich sehr deutlich das Wort: „Kampfhamster".

Aber dann teilten sie mir mit ernster Miene mit, dass ich eben warten müsse, bis meine holländische Freundin wieder zurückkäme.

„Bitte, das geht nicht. Sie können das ja nicht wissen, aber ich bin Fernsehsprecherin beim österreichischen Fernsehen und muss unbedingt zurück nach Wien! Ich habe morgen Abenddienst und möchte meinen Job nicht verlieren!"

Nach einer, für mich ewig langen, Pause ging ein breites Grinsen über die Gesichter der drei Gesetzeshüter und der mittlere sagte zu mir:

„Jetzt regen Sie sich mal nicht auf, Frau Lohner! Sie werden's nicht glauben, aber auch hier in Düsseldorf kennt man Sie aus der Fernsehserie ‚Kottan'. Also, wir lassen Sie schon ausreisen und in Wien wird man Sie ja wohl reinlassen! Nehmen Sie also Ihr bisschen Hund, besorgen Sie sich noch rasch ein neues Ticket und dann schauen Sie, dass Sie das Flugzeug noch erwischen. Um den Rest kümmern wir uns. Allerdings nur unter der Bedingung, dass Sie uns ein Foto von Stanley schicken!"

Keuchend und ziemlich aufgelöst habe ich das Flugzeug dann noch in letzter Minute erreicht.

Stanley war der Star im Flugzeug. Fast jeder Passagier kam kurz vorbei, um den süßen kleinen Burschen zu besichtigen. Vermutlich hing die Maschine zwischendurch ganz schief in der Luft, auf Grund der einseitigen Belastung.

Endlich zu Hause, rief ich sofort Anni an.

Ich bat sie, in ihrem Auto meinen Pass und mein Ticket zu suchen. Sie war total aus dem Häuschen:

„Was? Wie bist du denn nach Wien gekommen?“

Nun, Sie wissen, wie ich nach Wien gekommen bin.

Bei der Fremdenpolizei in Düsseldorf hing danach wahrscheinlich noch eine ganze Weile das große Foto von meinem kleinen Hund:

„Mit besonders lieben Grüßen! Euer Stanley!“

Dieser kleine Kerl war einfach hinreißend. Anders als mein wehrhafter Yorkie, war er ein friedliches und freundliches Geschöpf. Jeder Besucher wurde herzlichst begrüßt. Stanley liebte es, gekrault und gestreichelt zu werden, und konnte gar nicht genug davon bekommen. Was er nicht mochte, das war kuscheln. Also Stanley hochnehmen, ihn sanft drücken, schmusen, das war nicht seins. Er hielt zwar still, aber mit einem tiefen Seufzer und eindeutiger Körpersprache:

„Das lass ich nur über mich ergehen wegen der feinen Sachen, die ich immer bekomme."

Übrigens war er der einzige Hund, den ich kenne, der nicht im Bett schlafen wollte! Ich glaube, er war absolut eine Ausnahme. Anstatt sich Zutritt zum Bett zu verschaffen, wie das ja viele Hunde erfolgreich oder auch erfolglos versuchen, hat er sich unter das Bett und nicht ins Bett gelegt. Und dort hat er schnarchend die ganze Nacht verbracht! Unglaublich, mein Stanley, ein origineller, intelligenter, lustiger und freundlicher Bursche durch und durch.

So sind sie, die Cairns. Sie sind unter den Terriern die freundlichsten und verträglichsten.

Aber wie auch bei allen anderen Hunderassen, kommen Rüden untereinander nicht besonders gut aus. Mädels mit Mädels übrigens auch nicht.

Das war auch das Einzige, was ich beachten musste auf unseren Spaziergängen, im Wald und in den Weinbergen. Sobald ich bemerkte, dass sich Stanleys Haare am Rücken aufstellten, wusste ich, dass ein Rüde im Anmarsch war. Mein Hund duldete keine männliche Konkurrenz. Und er hätte sicherlich zu raufen begonnen.

Aber nachdem er ja immer an der Leine war, hatte er keine Chance, loszulegen. Lediglich sein tiefes, ungehaltenes Brummen machte deutlich, was er von dem anderen hielt.

Terrier sind sehr aufmerksam, neugierig und schnell. Das musste ich einmal mehr feststellen, als sich Stanley das erste und einzige Mal im Wald von der Leine losgerissen hatte und mit einem Affenzahn einem anderen Hund nachrannte. Wie sich dann nach unendlich langen Minuten herausstellte, war der andere Hund ein Mädel, das es ihm angetan hatte. Stanley war nicht kastriert und registrierte bereits über eine beachtliche Distanz, zum Beispiel von meinem Haus in Wien aus bis nach St. Pölten, wenn eine Hundedame läufig war. Dann stand er im Garten, Augen geschlossen, Lippen gespitzt, und heulte wie ein Wolf. Beim ersten Mal wusste ich natürlich nicht, was mit ihm los war, und rief in meiner Sorge, er könnte krank sein, Heinz, meinen Freund und Tierarzt, an. Der hat mich dann aufgeklärt:

„Krank schon, aber liebeskrank!"

Heftige Diskussionen mit meinem Freund Lance darüber, ob es nicht doch besser wäre, Stanley zu kastrieren. No way!

Es ist schon interessant, dass die meisten Männer vehement dagegen sind, einen Hund oder eine Katze kastrieren zu lassen. Ich höre das immer wieder. Als ob es ihnen dabei selbst an die Wäsche ginge ...

Also wurde Stanley nicht kastriert. Der Haussegen hing nicht mehr schief.

Stanleys bedenkenlose Bereitschaft, einen anderen Rüden aus dem Weg zu räumen, war auch ein Grund, ihn immer an der Leine zu haben. Mal abgesehen davon, dass in Wien ohnehin Leinenpflicht ist.

Und austoben konnte er sich ja in meinem Garten und von dort konnte er auch nicht abhauen.

Ehrlich gesagt: Hätte ich keinen Garten, hätte ich keinen Hund. Denn meine Arbeit erlaubt es mir bis heute nicht, mindestens drei Mal am Tag eine Runde zu drehen. Und das bei jedem Wetter.

Ich kenne das nur zu gut. Denn mit Henry, meinem ersten Hund, hab ich ja kurze Zeit in einer Wohnung gelebt. Und da musste ich einfach raus, auch bei Regen, Sturm, Eis und Schnee.

Tür auf und ab in den Garten geht immer. Und einmal am Tag gibt es auf jeden Fall einen Spaziergang, um meinem Hund mal einen Blick in die Hundezeitung zu gönnen.

Und seine Kollegen sollte er ja auch wenigstens hin und wieder mal treffen. Das muss sein. Das kann jeder Hund auch verlangen, das ist sein gutes Recht.

Ich habe für diese Spaziergänge spezielle Klamotten, die ich mir seit meinem Leben mit Hund zugelegt habe. Sie erinnern ein wenig an Altkleidersammlungen. Ein Spaziergänger, dem dies ins Auge stach, ließ sich mal zu folgendem Kommentar im Wald hinreißen:

„Wie kann man sich als attraktive Frau nur so verschandeln."

Yes, I can ...

Jeder Hund ist einmalig, so wie auch jeder Mensch, und keiner gleicht dem anderen.

So wie in einer Familie mit mehr als einem Kind, sind auch bei Hunden in einem Wurf die unterschiedlichsten Charaktere zu finden. Da gibt es den Schüchternen, den Draufgänger, den Faulen, den Feigen und so weiter. Jeder hat seine ganz spezifischen Eigenheiten.

Stanley war da nicht anders. Andere Hunde konnten ihn zum Beispiel lang nicht so begeistern wie seine Lieblingstiere: die Pferde!

Ab und zu durfte er mit in die City. In Wiens Innenstadt, am Petersplatz Ecke Graben, dort wo immer die Fiaker parken, ist Stanley regelmäßig ausgeflippt, sobald er die Pferde entdeckte. Und was er da aufführte, war Stadtgespräch.

Er hat sich vor einem Pferd auf die Hinterbeine gestellt und mit den Vorderpfoten so lang rumgefuchtelt, bis sich das Pferd neugierig zu ihm runterbeugte, um zu schauen, was da so rumwuselte.

Und dann hat ihm Stanley die Schnauze abgeleckt! So etwas hatte ich noch nie gesehen.

Mir war da anfangs nicht ganz wohl dabei, denn ein Huftritt hätte genügt, um meinen Hund ins Jenseits zu befördern. Aber den Pferden hat's gefallen – und den Touristen in der City offenbar auch.

Denn sehr oft haben vor allem Japaner ihre Kameras gezückt, um das seltsame Schauspiel festzuhalten.

Stanley, der Pferdeflüsterer und Zirkushund!

Ja, auch das war er. Er war kaum ein Jahr alt, als der Chinesische Nationalzirkus in die Stadt gekommen ist. Ein Zirkus ohne Tiere.

Die Zeitschrift „Wienerin" hatte eine ganze Vorstellung gebucht und ich sollte moderieren und mir etwas Lustiges ausdenken.

Und das tat ich. Eine Zirkusnummer mit Hund!

Auftritt:

„Guten Abend, meine Damen und Herren! Willkommen im Chinesischen Nationalzirkus, einem Zirkus ohne Tiere! Für heute Abend aber gibt es eine Ausnahme. Bitte begrüßen Sie mit einem großen Applaus: Stanley Lohner von Lochnagar!"

Und dann hat ein chinesischer Artist mit stoischer Miene Stanley an der Leine zu mir in die Mitte der Manege gebracht: meinen winzigen Hund, fast schwarz, mit einem roten Halstuch. Und ich war auch ganz in Schwarz, ebenfalls mit einem roten Halstuch. Wir beide im Partnerlook.

Großes Hallo!

Und dann ging's los!

Habe mit Stanley eine Runde gedreht und ihn vorgestellt:

„Stanley Lohner ist ein Cairn Terrier und noch nicht ganz ein Jahr alt. Er wurde in

Holland geboren, seine Eltern kommen aber ursprünglich aus Schottland, dort, wo man den berühmten Lochnagar-Whisky brennt."

Es war schon erstaunlich! Der kleine Kerl war total unaufgeregt und hat das Rampenlicht offensichtlich sehr genossen. Mein Hund eben.

Schweifwedelnd hat er alle begrüßt.

Vor einer besonders hübschen Besucherin in einem bunten Overall hat er sich auf die Hinterbeine gestellt und mit den Vorderpfoten so rumgefuchtelt, wie er das immer bei den Pferden machte. Die Dame hat ihm offensichtlich gefallen.

Tosender Applaus und viel Gelächter ...

Ein guter Einstieg.

Zurück in die Mitte, um mit dem Kunststück zu beginnen:

„Sie erleben jetzt eine Weltpremiere. Wir haben viel geprobt und ich kann natürlich nicht garantieren, ob das Kunststück auch gelingt. Also bitte absolute Ruhe!"

Ich hab dann Stanley von der Leine genommen, ihn in der Mitte der Manege mit einem kurzen: „Bleib!“ abgestellt und bin zur Seite gegangen, um meinen ersten Befehl zu geben:

„Stanley, sitz!“

Und Stanley saß!

Und dann:

„Stanley Platz!“

Und Stanley legte sich hin.

Ruhig und entspannt lag er im Scheinwerferlicht und hat sich nicht gerührt. Großartig!

„Applaus für Stanley Lohner von Lochnagar!“

Und was soll ich Ihnen sagen: Das Publikum hat getobt. Der winzige Hund hat alle bezaubert. Und ich war natürlich gerührt! Stolze Hundemutter, what else.

Vielleicht waren Sie ja dabei und können sich noch an diesen denkwürdigen Abend erinnern …

Meine Eltern sind immer gern zu mir ins Haus gezogen, um auf meinen jeweiligen Hund aufzupassen, wenn ich mal irgendwo für längere Zeit unterwegs war.

In meinem Garten war es ja auch bequemer für sie mit meinem Hund als in ihrer Wohnung mitten in der Stadt. Sie waren in Stanley mindestens so verliebt wie in meinen Henry, der ja nicht so pflegeleicht gewesen ist. Aber meine Oldies hatten ein sehr gutes Händchen für Hunde und Henry liebte auch sie sehr. Sicher auch deshalb, weil sie ihn nach Strich und Faden verwöhnten.

Natürlich mit Essen! Wie das halt so ist bei „Großeltern“. Und Liebe geht ja vor allem auch bei Hunden durch den Magen.

Hinter meinem Rücken haben die Guten auch ihre eigenen Mahlzeiten mit Henry geteilt. Er selbst hat das mal sehr anschaulich demonstriert.

Ich hatte ihn nämlich einmal für ein paar Stunden auf dem Weg ins Funkhaus zu meinen Eltern in die Wohnung gebracht, um ihn dann nach meiner Sendung wieder abzuholen:

„Und bitte, nicht füttern. Er hat schon gefressen."

„Nein, natürlich nicht. Keine Sorge. Und lass dir Zeit, mach dir keinen Stress."

Meine lieben Eltern!

Nach der Sendung holte ich Henry wieder ab und mit treuen Blicken wurde mir versichert, dass er nichts Essbares bekommen hätte:

„Gar nichts! Ehrlich!"

Just in diesem Moment kotzte Henry ein Stückchen Extrawurst auf den Teppich.

Das war wieder mal typisch für meine Oldies! Ich musste ein Lachen unterdrücken.

„So ihr Lieben, das, was ihr Henry nicht gegeben habt, liegt jetzt auf eurem Teppich. Viel Spaß!"

Unter den leicht betroffenen Blicken der „Großeltern" bin ich dann mit Henry abgezischt.

Und was haben meine Eltern damals daraus gelernt? Nichts. Sie konnten auch weiterhin beim Essen meinem ewig bettelnden Hund nicht widerstehen. Henry hat genau gecheckt, bei wem er damit landen kann. Denn bei mir zu Hause hat er nicht gebettelt. War ja auch nichts zu holen. Da war ich wirklich sehr streng, obwohl es nicht leicht war, dem sehr, sehr hungrigen Blick zu widerstehen.

Stanley war da keine Ausnahme. Er hat sogar gelegentlich versucht, einen meiner Gäste anzubetteln, in der Hoffnung, dass er sich seiner erbarmt. Aber auch meine Freunde haben sich an die Spielregeln gehalten. Und so hat er es meistens aufgegeben und hat sich getrollt. Er hat sich dann ein Spielzeug geholt und sich damit vergnügt.

Das war auch etwas Besonderes an ihm: Wie eine Katze konnte er sich selbst unterhalten, wenn ich keine Zeit hatte, mit ihm zu spielen.

Dann ist er in den Garten und hat zum Beispiel seinen Ball in die Luft geworfen, ihn aufgefangen und wieder in die Luft geworfen und so weiter. Damit konnte er sich eine ganze Weile auf das Vergnüglichste beschäftigen!

Selbständig und unkompliziert, so war mein Stanley.

Und als es dann für mich nicht mehr zu übersehen war, dass er gehen wollte, habe ich meinen Freund Heinz, Stanleys Tierarzt, gebeten, zu mir nach Hause zu kommen. Stanley hatte sich immer auf dem Weg zum Tierarzt sehr aufgeregt und das wollte ich ihm ersparen. In meinen Armen ist er dann für immer eingeschlafen.

Wie es mir dabei ging, das wissen Sie ja inzwischen. Das muss ich nicht mehr erzählen. Ich war am Boden zerstört.

Mein Entschluss stand fest: Nie wieder einen Hund! Nie mehr! Aus, Ende, keine so unendlich traurigen Abschiede mehr wie von Henry und Stanley. Nein, danke.

Es reicht, wie es ist, das Leben mit seinen Abschieden. Daher also: Fester Vorsatz! Kein Hund mehr, überhaupt kein Haustier mehr. Basta.

Ein Vorsatz, den ich drei Jahre lang standhaft durchgehalten habe.

Drei volle Jahre!!!

Aber es ist, wie es ist. Erstens kommt es anders, zweitens, als man denkt.

Schon Loriot hat mal gesagt:

„Ein Leben ohne Mops ist möglich, aber sinnlos!"

Könnte auch heißen:

„Ein Leben ohne Hund ist möglich, aber sinnlos."

Kann schon sein, aber mir kommt kein Hund mehr ins Haus! Basta.

Bis zu dem Moment, in dem ich über eine Seite im Internet stolperte, auf der sich jede Menge Cairn Terriers tummelten. Also gestolpert kann man ja eigentlich nicht sagen. Ich hab halt immer wieder mal ein wenig nachgeschaut, was in der Welt der Cairns so alles los war. Einfach nur so, aus Neugier.

Stanley ist ja ein Cairn Terrier gewesen.

Nur so ganz nebenbei wollte ich dann mal wissen, ob es in Österreich Cairn-Züchter gibt. Gab es nicht. Na gut, Thema erledigt. Eh besser.

Aber einige Zeit später entdeckte ich, wieder mal ganz und gar zufällig, im Internet ein Ehepaar in der Schweiz, das drei kleine Cairn-Welpen zu vergeben hatte. Zwei Mädels und einen Buben.

Allein das Foto des stolzen Vaters war schon beeindruckend. Aber erst die Babys! Und besonders eines der Mädels. Zum Fressen, noch viel herziger als ihre Geschwister!

Man weiß: Tierbabys sind einfach goldig, von Zecken, Nacktschnecken, Hornissen und anderen tierischen Plagen abgesehen.

Aber die drei kleinen Schweizer waren schon besonders bezaubernd. Ja und? Man sollte schließlich seinen Prinzipien treu bleiben, oder?

Ich hab mich dann wieder meinem ganz normalen Alltag gewidmet, mit Theater, Fernsehauftritten, Lesungen, Projektreisen nach Afrika mit „Licht für die Welt“ und so weiter. Eh keine Zeit für einen Hund, noch dazu für einen jungen, geh bitte, wann denn!

Außerdem: Es war ja auch durchaus bequem und problemlos, einfach das Haus zuzusperren, wegzufahren, egal wann, wohin und wie lange. Ohne Rücksicht auf ein Tier, das versorgt werden musste. Also, warum sollte ich das ändern? Warum sollte ich mein Leben komplizierter machen, als es war? Bin doch nicht wahnsinnig! Und deshalb kommt mir kein Hund mehr ins Haus. Nie wieder.

Man kann sich ja auch selbst belügen.

Genau! Denn insgeheim finde ich es herzerwärmend, nach Hause zu kommen und ein kleiner Hund freut sich wie narrisch, dass man wieder da ist.

Hunde-Begrüßungen sind einfach großartig! Jeder meiner vierbeinigen Mitbewohner überschlug sich vor lauter Freude, wenn ich heimkam. Das kann man ja von einem Partner nicht immer behaupten.

Ein Hund freut sich immer! Egal, wie man aussieht, was man anhat und wonach man riecht.

Meine Hunde sind jeweils vor lauter Begeisterung über meine Anwesenheit zur Begrüßung in die Luft gesprungen. Streicheln, kuscheln und noch mehr streicheln.

Wunderbar! So etwas macht natürlich Freude und gute Laune.

Und darauf wollte ich für immer freiwillig verzichten? Ganz ehrlich: Eigentlich nicht.

Ich selbst, nicht nur meine Hunde, liebe es ja auch, mit ihnen zu kuscheln.

Außerdem darf man ja auch seine Meinung ändern, oder?

Also, langer Rede kurzer Sinn: Das kleine Schweizer Hundemädchen, rechts auf dem Foto im Netz, hatte mich bereits virtuell eingewickelt. Einmal Cairn, immer Cairn ...

Aber ein Mädchen?

Ich hatte ja mit Hundemädels so gar keine Erfahrung. Mit Rüden kannte ich mich aus. Aber die sogenannten Hundeexperten unter meinen Freunden waren sich einig:

„Nimm dir unbedingt ein Mädel. Die sind einfach viel unkomplizierter als Rüden. Viel anschmiegsamer! Und man muss auch nicht stundenlang mit ihnen spazieren gehen, bis sie endlich ihr Geschäft erledigt haben. Nimm dir das Mädel. Kein Vergleich, wirst sehen!"

Stimmt. Kein Vergleich. Dass ich nicht lache! Denn aus heutiger Sicht muss ich den Experten leider dezidiert widersprechen! Mein Mädel pinkelt ungefähr 20 Mal beim Spazierengehen und außerdem hebt es mittlerweile auch noch dabei das Bein wie ein Rüde.

Meine Freundin, Gerda Rogers, Österreichs Starastrologin, war sofort Feuer und Flamme, als ich ihr von einem neuen Hund erzählte:

„Den bringst du nur zu mir und nirgends anders hin. Ist das klar? Dein Mäderl kommt nur zu mir, wenn du keine Zeit hast. Freu mich schon sehr!“

Gerdas letzter Hund war vor einiger Zeit gestorben und sie wollte eigentlich nur mehr Doggy-Sitter sein. Und ehrlich: Ich würde meinen Hund auch niemandem anvertrauen, der noch nie einen Hund hatte und sich damit nicht auskennt. Gerda hatte mein volles Vertrauen.

„Du weißt ja, der Hund vom Thomas, der Maxi, ist ja auch immer wieder mal bei mir.

Fühlt sich hier sehr wohl. Bring sie einfach, wenn sie da ist. Maxi wird sich bestimmt auch freuen!"

Wir waren uns da zwar nicht ganz sicher, aber im Allgemeinen heißt es ja, dass sich Rüden mit Mädels durchaus gut vertragen. Also vermutlich kein Problem. Mädels sind ja im Allgemeinen nicht so begeistert voneinander, aber das erwähnte ich ja schon.

Daher konnte ich ganz entspannt und „unverbindlich" in der Schweiz mal anfragen:

„Sind die kleinen Cairns noch zu haben?"

Der Mann am Telefon kannte mich vom Fernsehen. Ich sagte ihm auch, dass ich schon mal einen Cairn hatte. Und nachdem ich für ihn offensichtlich keine Fremde war, gab er bereitwillig Auskunft über seine drei Welpen. Herkunft, Eltern, Preis und so weiter. Natürlich auf Schweizerdeutsch. Das versteh ich zwar sehr gut, mag ich auch gern, aber schreiben kann ich es nicht, so wie es in der Schweiz geschrieben wird:

„Ja, Frau Lohner, sie sind alle noch zu haben. An welchen Welpen hätten Sie denn da gedacht?"

„Nun, das kleine Mädel rechts auf dem Foto, das gefällt mir besonders gut!"

„Ja, das ist die kleine Anou von Griesenberg! Allerdings, und das sollten Sie unbedingt wissen, sie ist extrem lebhaft. Also wirklich wild. Sehr anstrengend. Aber sehr intelligent! Ihre Schwester, links im Bild, die wär viel ruhiger, auch schüchterner und sicherlich nicht ganz so anstrengend. Die ist auch noch zu haben. Vielleicht überlegen Sie sich das noch."

„Also bitte! Was mach ich mit einem schüchternen Hund? Und von wegen ein bisserl lebhaft! Wissen Sie, das bin ich ja auch. Das passt doch gut."

„Na ja, wenn Sie meinen … Aber ich habe Sie gewarnt!"

Tiefer Seufzer und eine lange Pause.

„Hallo, sind Sie noch da?"

„Ja, ja, ich bin noch da. Wissen Sie, wir lieben die kleine Anou sehr und wir würden sie am liebsten gar nicht hergeben. Aber ich glaube, sie ist bei Ihnen in guten Händen. Okay. Also abgemacht!"

Wieder ein tiefer Seufzer.

Übrigens, das erinnert mich an den Mann meiner Modelagentin, damals in Zürich. Er hatte einen kleinen Antiquitätenladen, in dem er die Preise von seinen Lieblingsstücken immer sehr hoch ansetzte, in der Hoffnung, dass sie niemand kauft, weil zu teuer. So ähnlich kam mir dieses Gespräch mit dem Besitzer der drei kleinen-Terrier auch vor. Nur ging's halt dabei nicht um Geld.

„Soll ich sie in Zürich abholen? Ich kann ja mit dem Auto kommen. Kein Problem. Bin ja gern in Zürich, hab mal lang dort gewohnt."

„Nein, nein, nicht nötig! Freunde von uns, die auch züchten, fahren mit ihren Cairns im Herbst zu einer Hundeausstellung nach Tulln. Dann ist Anou auch schon über zehn Wochen alt. Vorher würden wir sie ohnehin nicht hergeben. Wir lieben sie sehr!“

Der Mann am Telefon konnte mir offenbar nicht oft genug versichern, wie sehr er und seine Frau die kleine Anou liebten. Als gäb’s die anderen Welpen gar nicht. War schon mehr als gespannt, was diese kleine Maus für eine Sensation war, dass man sie nicht hergeben wollte.

„Meine Freunde werden sie dann mitnehmen, wenn sie nach Österreich fahren, und zu Ihnen bringen.“

Der Deal war perfekt. Und so bin ich quasi via Internet zu meinem Hundemädel gekommen.

Klingt vermutlich schon eher befremdend, so mir nichts, dir nichts „die Katze im Sack“, sozusagen also „den Hund im Sack“, zu bestellen, ohne ihn vorher live gesehen zu haben. Aber ich war mir meiner Sache total sicher. Wie immer konnte ich mich auf mein bewährtes Bauchgefühl verlassen. Und das sagte mir: Ja, mach!

Es war Sommer, und die kleinen Welpen waren ja erst sechs Wochen alt und noch auf ihre Mutter angewiesen.

Das hieß natürlich für mich: Warten! Vier Wochen lang ...

Kam mir ewig vor und ich war dementsprechend ungeduldig ...

Und dann, eines schönen Tages, war es endlich so weit.

Anruf aus der Schweiz:

„So, unsere Freunde sind jetzt auf dem Weg nach Tulln. Sobald sie dort in der Nähe sind, werden sie Sie anrufen, um einen Treffpunkt auszumachen."

Stunden später kam der ersehnte Anruf!

Alle meine Freundinnen wollten mich natürlich begleiten. Sie waren schon sehr neugierig auf den kleinen Hund.

Ich bin dann aber nur mit einer Freundin losgezogen, um das Terrier-Mädel abzuholen.

Jemand musste ja den Hund halten, während ich fuhr.

Na, das war vielleicht ein Hallo, als wir beide, beim vereinbarten Treffpunkt auf einer Wiese in der Nähe von Tulln ankamen.

Vier erwachsene Cairn Terrier, in verschiedenen Farben, saßen geduldig in einem Käfig im geräumigen Kofferraum eines SUV und betrachteten mich neugierig, während mein winziger Hund schon auf der Wiese rumtollte.

Kaum hatte das Hundemädel mich entdeckt, lief es neugierig auf mich zu und rollte sich auf den Rücken, um am rosa Bäuchlein gekrault zu werden. Einfach goldig! Meine Freundin und ich, wir waren sofort hingerissen ...

Und so ist im Alter von etwa zehn Wochen ein winziges Cairn-Terrier-Mädchen in mein Leben getreten ..., also, eher gerast, gehüpft, hin, her, rauf, runter, Luftsprung, Purzelbaum und holla, hurra, da bin ich! Lebhaft also. Ungezügelte Lust an Bewegung. Großartig!

Das Hundemädel hieß zwar ursprünglich, wie schon erwähnt, Anou, aber ich taufte es Shirley. Hat mir einfach besser gefallen. Für mich wichtig: englischer Name für eine englische Rasse. Ursprünglich sollte es ja Shelley heißen, aber die amerikanische Schwiegertochter meiner Freundin Hermine heißt Shelley. Also hatte Hermine mich gebeten, einen anderen Namen zu wählen.

Was mich einmal mehr darin bestärkte, keinen bei uns gängigen Vornamen für einen Hund zu wählen ...

Ich habe ja mit vielen verschiedenen Menschen zu tun und möchte nicht, dass mich mal irgendjemand, der zufällig Lisi heißt, irritiert fragt:

„Entschuldigen Sie schon, aber wen meinen Sie eigentlich mit: ‚Komm her, Lisi, sitz?'"

Auch „Pfui Oskar, lass das!" könnte mal missverstanden werden.

Da ist der Name Shirley durchaus unverfänglicher! Denn eine Shirley hab ich hierzulande bis jetzt noch nicht getroffen, auch keinen Stanley. Bei Henry möchte ich nicht die Hand ins Feuer legen, könnte sein dass wir in Österreich vielleicht einige Henrys haben. Weil es ja mittlerweile auch Mode ist, Kinder Kevin, Lennox oder Bruce zu nennen.

Da müsste man halt vielleicht dann schon ein wenig überlegen, ob man seinen blonden Bullterrier Donald taufen sollte.

Also Shirley! Im Laufe der Zeit hat sie dann auch noch einen Kosenamen bekommen: Pipimaus. Darauf hört sie auch.

Aber zurück auf die Wiese. Der erste Eindruck war umwerfend!

Wir alle wissen, dass ein Foto nicht immer exakt der Realität entspricht.

Das war auch so in Shirleys Fall.

Irgendwie hat sie live anders ausgesehen als auf dem Foto. Okay, auf dem Foto war sie auch noch jünger. Sie war wirklich sehr herzig, aber eben doch irgendwie anders.

Damit Sie sich ein Bild machen können:

Der etwa 30 Zentimeter kleine, pummelige Hund mit seinem rosa Kugelbauch hatte ein helles, beiges Fell mit ganz kurzen, stacheligen Borsten, die stellenweise schwarz waren.

Dadurch sah der ganze Körper gestreift aus, wie bei einer Hyäne. Daraus würde irgendwann eine weizenfarbige Hündin werden, hieß es im Begleitschreiben der Schweizer Familie.

Darin stand übrigens auch:

„Sollte innerhalb von zwei Wochen festgestellt werden, dass der Hund nicht gehalten werden kann, nimmt der Züchter den Hund zum Verkaufspreis zurück.“

Wie bitte? Shirley zurückgeben? Kam ja gar nicht in Frage!!!

Die Schweizer Familie tat mir fast leid. Sie hatte einfach ihr Herz an Shirley verloren. Und das kann ich mittlerweile sehr gut verstehen.

Übrigens bekommt Shirley immer noch zu jedem wichtigen Anlass ein Mail von ihren Zieheltern aus der Schweiz.

Aber weiter zu ihrer interessanten Erscheinung.

In ihrem kleinen Gesicht dominierte anfangs ein kohlschwarzer Bart, der von einem hängenden Ohr zum anderen reichte. Ohren, die sich bald aufstellen würden, wie ich wusste. Es sah aus, als hätte Shirley die Schnauze in einen Topf mit schwarzer Farbe gesteckt. Kopf und Körper passten irgendwie nicht zusammen. So ähnlich ist das ja auch bei Stanley gewesen. Und so wie bei ihm, hat sich das natürlich verändert. Der schwarze Bart war bald fast verschwunden, die Ohren standen dann senkrecht in die

Höhe, sie sind allerdings schwarz geblieben, und von der „Hyäne" war auch nichts mehr übrig. Hie und da eine schwarze Borste im Fell. Wir wissen ja, warum. Alles in allem: ein sehr hübscher Hund.

Aber bis es so weit war, hatten wir noch eine ordentliche Strecke vor uns.

Anfangs ist es ja immer so, dass man von Welpen hingerissen ist, weil sie einfach so besonders herzig sind.

Aber man hat halt noch keine Beziehung zu den Winzlingen, weil man sie ja auch noch nicht wirklich kennt. Das beruht durchaus auf Gegenseitigkeit.

Weder Shirley noch ich konnten am Beginn unserer Beziehung wissen, mit wem wir es in Zukunft zu tun haben würden. Auch ihr war die Neugier auf mich und auf die Welt anzusehen: voller Erwartung und voller Vertrauen.

Und mittlerweile, nach zehn Jahren, bin ich mehr denn je in meinen Hund verliebt!

Weil wir einander eben im Laufe der Zeit sehr gut kennengelernt haben.

Aus Shirley ist ein Hund mit einer bezaubernden, aber auch durchaus starken Persönlichkeit geworden. Dass ich eine liebevolle Hundemutter bin, versteht sich von selbst. Man nimmt sich ja als empathischer, verantwortungsvoller Mensch kein Lebewesen, wie zum Beispiel Hund oder Katz, einfach nur so ins Haus, als Spielzeug oder um sein Machtbedürfnis zu befriedigen!

Deshalb möchte ich jetzt mal das, was ein Hund sich so wünschen würde, allen, auch den zukünftigen Hundebesitzern, ans Herz legen:

„Mein Leben dauert zehn oder mehr Jahre.

Jede Trennung von dir wird für mich Kummer bedeuten.

Bedenke es, ehe du mich anschaffst.

1. Gib mir Zeit, zu verstehen, was du von mir willst.

2. Setze Vertrauen in mich, ich lebe davon.
3. Zürne nicht lange und sperre mich zur Strafe nie ein. Du hast deine Arbeit, dein Vergnügen, deine Freunde. Ich habe nur dich.
4. Sprich häufig mit mir. Wenn ich auch deine Worte nicht verstehe, so erkenne ich doch an deiner Stimme, was du meinst.
5. Wisse, wie immer an mir gehandelt wird, ich vergesse es nie.
6. Bedenke, bevor du mich schlagen möchtest, dass meine Kiefer mit Leichtigkeit deine Finger zerquetschen können, dass ich aber keinen Gebrauch davon mache.
7. Bevor du mich beschimpfst, bockig oder faul zu sein, überlege lieber, ob mich irgendetwas plagt.
8. Kümmere dich besonders um mich, wenn ich alt werde. Auch du wirst es einmal.
9. Gehe jeden schweren Gang mit mir.
10. Sage nie: Ich kann so etwas nicht sehen oder es soll ohne mich geschehen."

Versteht sich eigentlich alles von selbst, nicht wahr?

Ich kann Shirley mittlerweile sehr gut lesen und sie mich auch. Das ist entscheidend im Umgang miteinander. Aber das wissen Sie ja, wenn Sie ein Haustier haben, egal welches.

Anfangs war das nicht so klar. Eigentlich gar nicht!

Ich war natürlich sehr gespannt, zu welcher Persönlichkeit sich mein kleiner Hund entwickeln würde. Aber bis dahin hatten wir noch einige Stationen vor uns:

1. Shirley, das Baby
2. Shirley, die Halbstarke
3. Shirley, die Erwachsene

Es war ja Ende Sommer und ich noch nicht im ganz normalen Wahnsinn meiner Arbeit auf der Bühne verstrickt, sondern eher entspannt und in Urlaubsstimmung. Theater haben ja ab Ende Juni in der Regel Sommerpause. Diese Lücke wird bis zur Herbstsaison vom Sommertheater allerorten reichlich ausgefüllt.

Ich habe auch viele Sommer lang Theater gespielt: zum Beispiel in Mödling und in Berndorf. Vor allem Berndorf hatte es mir angetan. Ein wunderschönes altes Theater, ein inspirierendes Ambiente.

Mittlerweile bin ich aber das ganze Jahr über auf verschiedenen Bühnen im Einsatz und reserviere mir den Sommer, um meine Batterien wieder aufzuladen.

Also hab ich mir für meine neue Mitbewohnerin mal eine ganze Woche Zeit genommen. Ich wollte ihr die Annehmlichkeiten des Ausscheidungsrituals unter freiem Himmel anstatt unter meinem Dach so rasch wie möglich attraktiv machen. Und Shirley hat das sehr schnell begriffen, zu meiner Freude, wie man sich denken kann.

Jetzt hieß es nur meinerseits, darauf zu achten, dass ich ihr akustisches Signal „Ich muss mal!“ vor meiner verschlossenen Terrassentür nicht überhörte.

Unüberhörbar waren aber gleich zu Beginn ihr heftiges Maunzen – ja, mein Hund kann Katze – und Kratzen an der Küchentür. Mit untrüglichem Instinkt, und mit Hilfe ihrer Supernase, ist sie gleich Richtung Küche marschiert! Dort hatte ich nämlich Kekse für sie versteckt. Von wegen versteckt! Man kann vor einem Hund nichts verstecken, was auch nur irgendwie nach Essbarem riecht. Das kann man vergessen! Logischerweise ist die Küche bis heute ihr erklärtes Lieblingszimmer. Sozusagen der nahrhafteste Platz in meinem Haus.

Abenteuer pur war natürlich mein Garten am Stadtrand. Er ist relativ groß, mit vielen Sträuchern, hohen, alten Bäumen und jeder Menge Möglichkeiten, sich irgendwo zu verstecken. Und das macht Shirley besonders gern. Bis heute. Freund Heinz, mein Tierarzt, meinte ja mal:

„Wenn du dir einen Cairn nimmst, brauchst du keine Katze. Die beiden haben viel gemeinsam."

Ja, das stimmt. So wie eine Katze hat sich auch schon Stanley versteckt und Shirley macht das genauso. Ich weiß, dass sie mich beobachtet, während ich sie suche. Allein das Wort „Keksi" kann sie aus dem gemütlichen Versteck locken. Das war übrigens auch bei meinem Stanley so. Eigentlich hätte ich beide nur Keksi nennen müssen und sie hätten automatisch sofort gefolgt. Es war und ist das magische Wort, das immer funktioniert.

„Darf ich Shirley ein Keksi geben?", hat mal dazu geführt, dass Keksi von jedem in der Folge buchstabiert werden musste, wenn ich nicht wollte, dass man sie damit vollstopfte. Denn wenn sie Keksi einmal gehört hatte, dann wurde Shirley dermaßen lästig und raunzte ohne Ende, bis ihr schließlich nachgegeben wurde:

„Na, lass sie doch. Eines kann ja nicht schaden."

Ja, eines nicht. Aber dann noch eines und noch eines ...

Aus diesem Grund wissen auch alle meine Freunde, dass Keksi buchstabiert werden muss. Und so heißt es dann:

„Darf ich Shirley ein K-e-k-s–i geben?"

Buchstabieren kann Shirley noch nicht.

Ihr erster Sommer war eine einzige Entdeckungsreise. Aber nicht nur im Garten.

Als wichtiges Rückzugsgebiet hatte ich für sie einen hübschen Weidenkorb im Wohnzimmer mit passendem Kissen zur Sitzgarnitur eingerichtet.

Mein Freund Lance meinte dazu lachend:

„Das schaut dir wieder mal ähnlich. Als wär das Shirley nicht egal!"

Ja Shirley schon, aber mir nicht. So hat halt jeder seinen Tick.

Natürlich wollte Shirley auch wissen, wo ich eigentlich mein „Körbchen" hatte! Das war insofern für sie leicht festzustellen, weil ich ein zweites Hundebettchen für sie in meinem Schlafzimmer im ersten Stock eingerichtet hatte.

Allerdings eher als Alibi, wie sich bald zeigte. Denn kaum ging ich in Richtung Bett, lag sie schon drin. Also, mir macht das ja nichts aus ... Männer sehen das im Allgemeinen etwas anders.

Es ist sehr lange her, dass ich meinen Freund Lance kennenlernte. Damals hatte ich bereits meinen ersten Hund, meinen Henry, mit dem ich schon einige Zeit allein lebte. Irgendwann beschlossen wir, Lance und ich, zusammenzuziehen.

Wir mieteten damals ein gemütliches altes Haus mit einem kleinen Garten. Ein

Paradies für Henry. War er doch anfangs ein Wohnungshund. Natürlich kannte er Lance und hatte ihn gerade noch als Besucher geduldet, aber dass wir alle drei plötzlich unter einem Dach wohnten, das war für seine eifersüchtige Hundeseele einfach zu viel.

Gleich am ersten Abend im gemeinsamen Haus, als es Zeit war, schlafen zu gehen, raste Henry mit einem Karacho die Stufen hinauf ins Schlafzimmer, um als Erster im Bett zu sein. Er legte sich knurrend auf Lances Seite und ließ ihn nicht ins Bett. Ich musste natürlich heimlich grinsen. Denn es war ja durchaus skurril, wie der winzige Hund sich mit meinem großen Mann anlegte. Er war offensichtlich der Meinung:

„Den brauchst du nicht, du hast ja mich!"

So leid er mir insgeheim tat, aber ab diesem Moment hatte Henry Schlafzimmerverbot.

Dafür aber lag er tagsüber besonders gern und vor allem demonstrativ auf unserem Sofa, genau dort, wo normalerweise Lance immer saß.

Und wenn mein Freund abends heimkam, räumte Henry ungehalten knurrend das Feld. Irgendwann hatte er sich dann mit der neuen Situation arrangiert. Lance fand das ja durchaus amüsant, dass mein kleiner Hund sich mit ihm messen wollte. David gegen Goliath …

Übrigens, ganz unter uns: Hätte ich mich jemals entscheiden müssen zwischen Mann und Hund: Hund wäre Sieger. Ein Mann, der mich wirklich liebt, würde so etwas nie von mir verlangen. Lance ist so ein Mann gewesen. Ich vermisse ihn sehr.

Nun, ich habe mittlerweile, wie erwähnt, ein eigenes kleines Haus und darin lebe ich jetzt allein, nur mit Shirley. Und ja! Sie schläft in meinem Bett.

Und wenn sie sich auf der Bettdecke zu meinen Füßen, links unten, einrollt, genüsslich seufzt und im Schlaf hin und wieder mal grunzt oder fiepst, finde ich das sehr gemütlich. Wirkt wie eine Schlaftablette. Allerdings bin ich auf ihre Standardgeräusche schon so konditioniert, dass ich bei jeder Irritation sofort hellwach bin. So komisch es vermutlich für jemanden klingt, der noch nie ein Tier hatte, aber ich reagiere da wie eine junge Mutter. Andere Hundebesitzer haben mir Ähnliches berichtet.

Es ist allgemein bekannt, dass Hunde am liebsten beim Menschen im Bett schlafen, sofern sie das irgendwie schaffen und nicht überhaupt aus dem Schlafzimmer verbannt werden. Aber wenn sie es geschafft haben, im Bett zu landen, dann gibt es kaum jemand gern zu.

Ich schon. Allerdings finde ich es nicht immer nur urgemütlich. Shirley funktioniert nämlich wie ein Wecker. Täglich zur selben Zeit weckt sie mich auf. Robbt zu meinem Kopf, fiepst ganz leise und wäscht mir den

Hals oder meinen Arm. Was sie halt erwischt. Das ist durchaus Geschmackssache ... Nur: Mir graust halt vor meinem Hund nicht, auch wenn das vielleicht nicht so cool klingt. Gelegentlich sage ich dann, noch im Halbschlaf:

„Lass mich noch ein bissl schlaaaafen."

Das funktioniert dann auch. Aber sobald ich Licht mache – mein Schlafzimmer ist immer total verdunkelt, sonst kann ich nicht schlafen –, springt sie in ihr Bettchen, rollt sich auf den Rücken, streckt und dehnt sich und wartet darauf, dass ich ihr den Bauch kraule, wobei sie genüsslich brummt. Das ist im Laufe der Jahre zum morgendlichen Ritual geworden. Und während ich sie streichle und überall anfasse, kontrolliere ich so ganz nebenbei, ob mit ihrem kleinen Körper auch alles in Ordnung ist.

Und erst dann verlässt sie das Schlafzimmer in Richtung Küche. Sie ist ja auch die Erste, die ein Frühstück bekommt. Allerdings muss sie, ob sie will oder nicht, vorher noch in den Garten, um ihre Pipirunde zu absolvieren. So sind die Regeln bei uns.

Shirley darf ja auch nur deshalb ins Bett, weil sie sauber ist. Das heißt, ich wasche ihre Füße, ihren Bauch und Po immer vor dem Schlafengehen.

Sie ist ja außerdem eigentlich nur im Garten, im Wald und auf der Wiese unterwegs. Und so wird sie auch nicht wirklich schmutzig. Dort gibt's ja nur Erde, Gras und Steine. In die City nehme ich sie kaum mit.

Wozu auch. Anders als Stanley findet sie das nicht lustig. Ich sehe das an ihrem Verhalten. Da wird extra ganz langsam gegangen, sehr oft muss ich dann stehen bleiben, so als wäre sie schon sehr, sehr alt. Na ja, sie kann ja aus ihrer Perspektive bestenfalls nur viele Schuhe sehen und das ist halt fad. Wenn ich sie schon mal mitnehme, was ich doch gelegentlich mache, dann meckert sie rum, will in kein Geschäft mit rein und findet es öd, wenn ich zu lang mit jemandem rede. Sie kann es ja schon zu Hause nicht leiden, wenn ich telefoniere. Da wird sie dann so laut, dass ich sie in den Garten bugsiere. Man versteht ja sonst sein eigenes Wort nicht.

Anders als Stanley interessieren sie die Fiakerpferde nicht im Geringsten. Nicht mal im Vorbeigehen. Sie ist eher an Menschen interessiert. Und so ist es schon vorgekommen, dass sie sich auf dem Gehsteig auf den Rücken legte, um sich am Bauch streicheln zu lassen, wenn ein fremder Mensch sich entzückt zu ihr runtergebeugt hatte. Sehr fein!

Das finde wiederum ich nicht so berauschend, dass sie sich womöglich auf eingetrockneter Spucke oder Ähnlichem lustvoll wälzt. Es reicht, wenn sie das im Wald macht, falls sie noch vor mir eine tote Maus entdeckt.

Hunde haben ja im Gegensatz zu uns Menschen eine völlig andere Vorstellung davon, was gut riecht oder schmeckt …

Shirley ist da keine Ausnahme.

Im Sommer gibt es meistens die nicht besonders ansprechenden Nacktschnecken, die in meinem Garten meine Pflanzen mit Butz und Stingl auffressen. In meiner hundelosen Periode hatte ich diese Viecher mit Schneckenkorn ein wenig im Griff, aber jetzt, mit Shirley im Haus, geht das gar nicht. In meinem Garten gibt es einfach nichts Giftiges. Was die Schnecken sehr freut, wie ich merke. Sie sorgen rasant für Nachwuchs.

Im Allgemeinen esse ich ja Schnecken sogar gern, mit etwas Knoblauch, Kräuterbutter et cetera. Aber nicht diese. Die anderen.

Als ich feststellen musste, dass auch Shirley Schnecken mag, hat mich fast der

Schlag getroffen, denn sie mag ja nur die grauslichen. Die werden auch nicht gefressen, nur zerbissen.

Und genau das hat sie gemacht, zum ersten Mal, knapp bevor ich schlafen gehen wollte. Nach Mitternacht. Zuerst hab ich gar nicht kapiert, was da los ist, als sie nach ihrem letzten Rundgang durch den Garten ins Haus zurückkam.

Ihre Haare im Gesicht waren total verklebt! Aber dann hab ich es genau gesehen: grüner Schleim bis in die Nasenlöcher! Dieses Zeug, Sie kennen es sicherlich, wäre ja an sich der beste Alleskleber aller Zeiten, aber im Gesicht von meinem Hund – ein Albtraum.

Ich bin dann eine Stunde lang mit Shirley auf dem Boden gesessen und habe versucht, mit nassen Tüchern den Schleim zu entfernen. Ein Kraftakt.

Mit Wattestäbchen habe ich dann die Nasenlöcher wieder freigelegt. Shirley hat das alles ruhig über sich ergehen lassen. Ich glaube ja bis heute, dass sie das damals lustig fand, denn solange es diese Schnecken gab, hat sie es in den ersten Monaten als Welpe fast täglich gemacht.

Ich möchte hier meine Flüche während der Entschleimung nicht wiedergeben. Und ganz kurz kam mir sogar der Satz im Begleitschreiben aus Zürich in den Sinn:

„Sollte innerhalb von zwei Wochen festgestellt werden, dass der Hund nicht gehalten werden kann, nimmt der Züchter den Hund zum Verkaufspreis zurück."

Die zwei Wochen waren allerdings längst um ...

Der Züchter, mit dem ich bis heute noch Kontakt habe, hat mir übrigens einmal gestanden, dass Shirley auch schon bei ihm zu Hause in Schweizer Nacktschnecken gebissen hat!

Shirleys Schweizer Familie schickt ihr übrigens regelmäßig, wie schon erwähnt, ein Mail zum Geburtstag und freut sich immer sehr, wenn ich mal wieder ein Foto schicke oder sie Shirley auf einem Cover von einem meiner Bücher entdeckt.

Aber zurück zu den Schnecken.

Nach einigen Monaten und vielen Flüchen meinerseits war dann endlich Shirleys Interesse an der nächtlichen Einlage erloschen. Ich war sehr erleichtert, wie Sie sich vorstellen können.

Shirley war allerdings auch weiterhin für Überraschungen gut. Aus heutiger Sicht betrachtet: eigentlich immer.

Junge Hunde schlafen bekanntlich sehr viel und das muss man ihnen auch gönnen, ebenso wie dem alten Hund, der auch seine Ruhe braucht.

Zwischen Shirleys erstaunlich kurzen Ruhepausen ging's aber immer recht wild zu. Mein kleiner Hund, ausgeruht und gestärkt, raste dann mit einem atemberaubenden Tempo durch die Gegend. Irgendwie sah es aus, als würde Shirley waagrecht durch die Luft fliegen. Außerdem weckte sie mich auch in der Nacht mindestens zwei- bis dreimal, nicht um sich zu erleichtern, nein, um zu spielen und im Garten rumzurasen. Nach einer Weile war ich ziemlich erschöpft, weil auch ich, wie ein Welpe oder ein alter Hund, meinen Schlaf brauche. Aber Shirley sah das anders. Sie wollte Action! Ich war also ständig in Aufregung. Hab meinen Blutdruck gar nicht mehr gemessen. Muss ziemlich hoch gewesen sein.

Verzweifelter Anruf bei meinen Tierarztfreunden, Dani und Heinz:

„Hilfe! Was hab ich da für einen hyperaktiven Hund erwischt!? Das ist doch nicht normal. Bin ja schon völlig erschöpft von Shirleys Aktivitäten. Also, ihr Vorgänger, mein Stanley, der hat sich nicht so aufgeführt!"

Und die Antwort?

„Das ist ganz normal. Ein junger, aktiver Hund eben. Stanley war genauso, nur hast du das mittlerweile vergessen. Und außerdem: Als Stanley ein Welpe war, bist du um fast 20 Jahre jünger gewesen ..."

Vielen Dank!

Kann mich halt wirklich nicht mehr erinnern. Aber ich weiß: Auch ein Hund wird mal erwachsen.

Daher: Geduld ist angesagt!

Ich liebte ja diesen kleinen Hund bereits über alles und fügte mich in mein Schicksal. Shirley ist ja immer noch und war ja auch als Welpe ganz besonders herzig, ein hübscher Hund und dazu auch noch sehr intelligent. Was natürlich sowieso jeder Hundebesitzer von seinem Tier behauptet.

Aber in diesem Fall stimmt es ausnahmsweise ...

Und gerade diese, ihre, Intelligenz machte es mir leicht, sie zu erziehen. Sie kapierte als Baby sehr rasch, was ich von ihr wollte ...

Mittlerweile bin auch ich so weit, dass ich weiß, was sie von mir will. Energisch und unmissverständlich macht sie klar, was sie möchte. Und dafür zieht sie alle Register ihrer akustischen Möglichkeiten und die sind nicht ohne!

Sie stellt sich vor mich hin und sieht aus wie ein Mensch, der die Arme in die Seiten stützt, um sich zu beschweren. Und dann folgt hohes, lautes Intervallbellen: „Hunger!!! Essenszeit"!

Andauerndes gleichmäßiges Bellen übersetze ich mittlerweile mit: „Leine nehmen und raus aus dem Haus, aber ein bisschen dalli!"

Manchmal schreit sie mich einfach nur an: „Geh jetzt weg vom blöden Computer. Ich bin ja auch noch da."

Das sind so ihre gängigen Meldungen im gemeinsamen Alltag. Und eines ist klar: Shirley ist von einer Beharrlichkeit und Bestimmtheit, wie ich es bei keinem ihrer Vorgänger erlebt habe. Ein klassisches Alphatier.

Da haben sich die zwei Richtigen gefunden. Wer ist hartnäckiger? Ich oder ich! Sie hat auch noch differenziertere Stimmlagen auf Lager, um mich aus dem Bett zu holen oder jemanden an der Tür zu melden.

Ihr gepiepstes „Ich muss mal!“ klingt wesentlich anders als: „Alarm!!! Katze im Garten!!!!!“

Nicht zu überhören ihr Gebrüll im Schweinsgalopp: „Wildschweine am Zaun!“ – und das, fürchte ich, ist in meiner ganzen Straße zu hören.

Das Ärgste aber, was sie draufhat, ist ununterbrochenes Geschrei in den höchsten Tönen bei einem Gewitter, ein unnachahmliches Quietschen wie von einem kleinen Kind. Noch bevor es blitzt und donnert, brüllt sie sich weg. Ohne Pause! Und das kann, bitte, Stunden dauern. Kein Scherz!

Die meisten Hunde, die ich kenne, fürchten sich einfach und verkriechen sich in irgendeine Ecke. Mein Stanley, zum Beispiel, hat sich in der Dusche versteckt und vor sich hin gezittert. Sein einziges ernsthaftes Problem waren Flugzeuge, die über mein Haus flogen. Stanley sprang dann bellend auf und ab. Er wollte die großen Vögel ein für allemal vom Himmel holen. Ist nie gelungen …

Shirleys größte Feinde aber sind: Feuerwerk, Donner und Blitz. Und da ist kämpfen angesagt! Mit erhobenem Schwanz, total aufgeregt, will sie raus in den Garten, um zum Beispiel den Donner niederzuplärren. Ich kann sie aber nicht rauslassen, denn in so einer Situation ist mein ansonsten folgsamer Hund nicht zu bändigen. Shirley rast hin und her, schreiend, und keine Macht der Welt, auch nicht alle Kekse von ganz Wien, können sie ins Haus locken.

Deshalb beobachte ich immer genau den Wetterbericht, ob eventuell ein Gewitter im Anmarsch ist. Denn abgesehen davon, dass sie dann nicht mehr folgt, kann ich meinen Mitmenschen dieses grauenhafte Geschrei in den höchsten Tönen nicht zumuten.

Ich liebe meinen Hund, wie gesagt, aber es kostet mich enorm viel Kraft, so einen Anfall liebevoll durchzustehen. So fahre ich deshalb auch zu Silvester, wenn es überall kracht, meistens in meine kleine Wohnung auf einem Berg in Kärnten. Dort ist es ganz ruhig. Bis jetzt.

Mittlerweile verwende ich einen Gehörschutz, den ich mir eigentlich für ein Theaterstück besorgt hatte, weil ich hinter der Bühne geschossen habe. Den verwende ich im Notfall, wenn's gar nicht mehr auszuhalten ist. Er liegt übrigens nachts immer neben meinem Bett, denn ich kann ja nicht wissen, wann genau ein Gewitter kommt. Könnte ja auch um drei Uhr früh losgehen. Und bei ihrem Geschrei bin ich schon mal vor Schreck fast aus dem Bett gefallen.

Ehrlich, ich habe alles versucht! Denn nicht nur ich tu mir leid, nein, auch sie, weil sie sich so aufregt. Ihre Zunge hängt dann fast bis zum Boden. Vom sündteuren Hundeflüsterer über Notfallstropfen bis hin zu lauter Musik, die den Donner übertönen sollte, hab ich alles probiert. Ein einziges Mal gab ich ihr auch eine Beruhigungstablette. Sie war zwar genauso in Panik, konnte aber nicht losstürmen, weil die Tablette ihre Motorik blockierte. Ihr Unbeweglichkeit führte zu noch mehr Panik und noch mehr Geschrei. Außerdem hat sie am nächsten Tag nur noch gekotzt.

Also lebe ich damit und hoffe, dass sie vielleicht eines Tages nicht mehr gut hört und dann mit dem Gebrüll Schluss ist.

Alles andere, was sie sonst noch in bestimmten Situationen oder für ihre Bedürfnisse akustisch von sich gibt, ist durchaus harmlos. So sollte zum Beispiel eigentlich kein Fremder an meinem Haus vorbeigehen.

Denn das muss natürlich auch lautstark gemeldet werden. Auf jeden Fall ist ihr Repertoire beachtlich.

Wenn Shirley sich bei mir nicht akustisch durchsetzen kann, was durchaus möglich ist, wenn ich konzentriert arbeite, so beginnt sie mich körperlich auf sich aufmerksam zu machen. Vorzugsweise tappt sie mit einem Vorderbein zunächst mal ganz sanft auf meinen Fuß.

„He, schau, ich bin auch noch da!"

Das kann dann auch durchaus heftiger werden, wenn ich noch immer nicht reagiere. Aber lang lass ich sie nicht zappeln, denn sie hat ja auch immer aus ihrer Sicht einen „wichtigen Grund", sich meine Aufmerksamkeit zu sichern.

Und ganz so blöd ist es ja eh nicht, wenn man stundenlang am Computer sitzt und dann zu einem Ballspiel aufgefordert wird. Im Gegenteil. Tut mir eigentlich immer gut.

Wir sind halt mittlerweile auch schon ein eingespieltes Team …

In meinem Freundeskreis gibt es einige Hunde, die man selbst mit den tollsten Leckerlis nach Rezepten aus dem Hundekochbuch nie und nimmer bestechen kann. Sind auch schlechte Esser und sehr wählerisch. Das macht Hundeerziehung nicht unbedingt einfach. Anders bei Shirley. Leckerlis sind jederzeit willkommen und ihr gefüllter Fressnapf ist immer in Sekundenschnelle leer. Und wenn ich mal in der Küche etwas vorbereite, was nicht für sie bestimmt ist, wie Salat, Eierspeis, Spaghetti, so wartet sie ganz angespannt, in der Hoffnung, dass etwas zu Boden fällt. Egal was, ob Tomate, Nudel, Apfel, Hauptsache essbar. Hab noch nie einen Hund gesehen, der blitzartig Gemüse, Obst, Eier, Nudeln in affenartiger Geschwindigkeit verschlingt. Ich bin also immer auf der Hut, wenn ich mich mal in der Küche verwirkliche, was eh selten genug vorkommt. Allerdings kann ihre ungezügelte Fresslust auch durchaus gelegentlich von Vorteil sein.

Ist Ihnen schon mal ein rohes Ei runtergefallen? Grauslich! Verbreitet sich auf dem Küchenboden als schleimige Masse und ist kaum zu fassen. Nun, das kommt bei mir zu Hause sehr selten vor, aber wenn, dann genügt ein einfaches: „Shirley, es gibt Ei!", und schon ist sie da und säubert akribisch mit ihrer Zunge den Fußboden. Ich muss dann nur mehr nachwischen. Ei ist übrigens durchaus gesund für Hund! Allerdings nur der Dotter. Das Eiklar sollte man weglassen, was auf dem Fußboden eigentlich nicht wirklich möglich ist. Aber wie gesagt: Passiert sehr selten.

Und damit, Achtung! Zweiter erhobener Zeigefinger!

Bei aller Liebe: Menschenessen ist absolut nichts für Hunde! Man tut einem Hund nichts Gutes, ihn mit Schnitzel, Kartoffel, Wurst oder gar Kuchen zu füttern. Auch ich als Mensch vertrage das alles nur sehr sporadisch, und ein Zuviel davon tut auch mir nicht gut, obwohl ich ja keinen so winzigen Hundemagen habe wie Shirley.

Wobei ich, ehrlich gesagt, gar nicht so sicher bin, ob ihr Magen wirklich so klein ist. Wenn ich ihr nämlich beim Fressen zuschaue, hab ich das Gefühl, dass der ganze Hund aus Magen besteht: von der Nasenspitze bis zur Schwanzspitze! Und es frisst auch der ganze Hund.

Wie kann ich das beschreiben, damit Sie sich das vorstellen können? Also: Shirleys ganzer Körper bebt, während sie frisst. Sieht aus wie Schüttelfrost. Und danach fordert sie auch sofort, auf und ab hüpfend, ihre Nachspeise. Das sind Stückchen von steinharten Kartoffelkeksen, die ich mit dem Hammer zertrümmern muss, weil man sie unmöglich brechen kann. Die werfe ich dann quer durchs Wohnzimmer, damit ich sehe, wie sie läuft. Seit sie nämlich an den Hinterbeinen operiert wurde, kontrolliere ich täglich auf diese Art, quasi unauffällig, ihr vierbeiniges Fahrgestell und freu mich, wenn alles passt!

Irgendwann ist mir nämlich aufgefallen, dass Shirley selbst bei einem kleinen Hindernis im Garten ganz vorsichtig abwechselnd mal das linke und mal das rechte Hinterbein hebt. Nicht einfach so wie immer drüberhüpft, sondern vorsichtig drübersteigt. Sah aus, als täte ihr etwas weh. Und so war das dann auch. Verschiedene Untersuchungen zeigten, dass an beiden Knien das Kreuzband mehr oder weniger stark eingerissen war. Also OP, medizinisch: TPLO, falls Sie das als Hundebesitzer mal googeln möchten.

Zunächst einmal wurde das linke Beinchen operiert. Ein großartiger Tierarzt hat das auch ganz fantastisch hingekriegt und Shirley wurde sehr von ihm gelobt, weil sie wirklich eine super Patientin war. Das ist sie übrigens immer. Sie lässt sich einfach alles gefallen, ohne Kommentar, was so an tierärztlichen Untersuchungen anfällt, egal wie unangenehm selbst ich das nur beim Zuschauen schon finde. Da ist kein Beißkorb nötig, da wird auch nicht gebellt oder geraunzt. Shirley ist dabei ganz entspannt. Finde ich unglaublich und bin sehr froh darüber, denn ich kenne das von zwei meiner Freunde auch noch ganz anders. Die beiden liegen beim Tierarzt zu dritt – mit Assistentin – auf ihrem Hund, damit der Arzt dem kleinen, aggressiven Liebling wenigstens ganz kurz ins Maul schauen kann.

Da hab ich wirklich Glück mit Shirley. Auch in Sachen Körperpflege erlaubt sie einfach alles, ohne zu murren oder zu brummen.

Lichti, eigentlich Lichtenberger, hatte einen Hundesalon in der Wiener Innenstadt, aber seit seiner Pensionierung machte er Hausbesuche bei ganz besonderen Kunden. Und Shirley war so eine Kundin. Lichti war Shirleys spezieller Freund und kam zu ihr, um ihr die Krallen zu schneiden, ihr dichtes Fell etwas zu lichten und was halt noch so alles anfiel, wie zum Beispiel baden, was sie allerdings bis heute gerade noch über sich ergehen lässt. Lichti wurde von ihr geliebt und er liebte sie! Natürlich mehr als mich, versteht sich. Ich durfte ja auch beim Hundepflegeprogramm nicht dabei sein. Lichti sagte dann zu mir, wir siezten einander:

„Gehen Sie weg, aber gehen Sie! Sie machen den Hund nervös!"

Hat ja gar nicht gestimmt, sie wollte halt nur zu mir. Trotzdem ließ ich die beiden allein. Und dann hörte ich von weitem, wie Lichti bei der ganzen Prozedur liebevoll auf Shirley einredete, sich mit ihr unterhielt, ihr sagte, was sie für ein hübsches Mädel wäre, und so weiter.

Sie genoss das offensichtlich und er auch.

Irgendwann wurde das alles zu viel für Lichti, schließlich ist er auch nicht mehr der Jüngste, und so sorgt jetzt eine zauberhafte

Lady für das gepflegte Aussehen meiner Shirley.

Und ich freue mich darüber. Sehr sogar. Gibt ja auch Hunde, die nicht so verwöhnt werden! Und das ist manchmal nicht zu übersehen. Abgesehen von ihrem ungepflegten Fell, kann man sie nämlich bereits mit geschlossenen Augen wahrnehmen, weil sie so stinken, besonders dann, wenn man mit ihnen in einem geschlossenen Raum ist. Zum Beispiel in einem Auto. Da hab ich schon mal als Beifahrerin bei Minusgraden ein Fenster öffnen müssen, damit mir nicht schlecht wurde. Der Liebling des Hundebesitzers saß nämlich hinter uns, ein sehr großer Hund, stark hechelnd, das Fell ein wenig feucht …

Eh lieb, aber eben nichts für empfindliche Nasen.

Aber zurück zu Shirleys kaputtem Kreuzband. Nach der ersten gelungenen OP ging's erst mal richtig los, mit etwas kabarettistischen Einlagen.

Ich musste für Shirley einen medizinischen Body mit Beinen organisieren, so eine Art Strampelanzug, damit sie den Verband nicht runterreißen konnte und so die Wunde bloßlegte und womöglich die Nähte rauszupfte. So etwas kann zu einer gefährlichen Infektion führen.

Also hab ich mal recherchiert, wo ich so einen Anzug bekommen kann, und bin auch fündig geworden. Habe die entsprechende Tierklinik angerufen:

„Stimmt das, Sie haben einen medizinischen Body mit Beinchen für einen Hund?“

Der Mann am Telefon sagte:

„Ja, haben wir. Kommen Sie halt vorbei.“

Okay. Nach einer Sendung im Funkhaus bin ich dann nach Hause gerast, ans andere Ende von Wien, um meinen Hund zwecks Anprobe zu holen, und dann ab in die Tierklinik.

Ein älterer Mann begrüßt mich.

„Bitte, ich hab vorhin angerufen, wegen Body mit Beinchen für meinen Hund!“

Und er?

„Mit Beinchen hamma des net!“

„Aber bitte, deshalb hab ich ja angerufen! Das war ja meine einzige Frage!“

„Na ja, das muss im Gespräch untergegangen sein.“

„Tschuldigung, aber so viel Gespräch hatten wir nicht, dass da was untergehen konnte.“

Eine Frau kommt aus einem Zimmer, offenbar die Tierärztin, fragt mich, was denn los sei und mit wem ich denn telefoniert hätte.

„Na, mit diesem älteren Herrn hier. “

„Uij, das ist nicht gut!“

Offenbar der Großvater „

„Warum lassen Sie ihn dann ans Telefon!“

Entschuldigendes Achselzucken: „Tut mir leid. Ich hab das gar nicht bemerkt.“

Ich bekomme dann eine neue Adresse, von einer anderen Tierklinik, die solche Dinge ganz bestimmt hat. Schnappe meine

Shirley und fahre wieder mal durch ganz Wien.

Andere Tierklinik. Das Wartezimmer ist gerammelt voll mit Dackel, Dogge, Hase, Katze und sogar einem Papagei. Alle haben mehr oder weniger Angst. Es zwitschert, pfeift, miaut, brummt, bellt. Und es riecht abenteuerlich.

Der Schalter für die Anmeldung ist erhöht, über ein paar Stufen zu erreichen, und ich gehe mit Shirley die Stufen hinauf.

Eine junge Frau, offenbar im Dauerstress, was ich gut verstehen kann angesichts des vollen Wartezimmers, fragt mich, was ich möchte.

„Ich brauche einen medizinischen Body mit Beinchen für meinen Hund."

„Welche Größe?"

„Keine Ahnung, Sie sehen ja, hier, für diesen Hund."

Sie gibt mir zwei Anzüge in Türkis in verschiedenen Größen. Soll ich halt ausprobieren.

„Und, bitte, wo kann ich das ausprobieren. Hier ist ja nirgends Platz?"

Mit leichtem Kreisch in der Stimme:

„Ja, dann setzen Sie Ihnen halt auf den Boden da hinten."

„Dahinten" und „Boden" sind nicht so ganz nach meinem Geschmack und so sage ich:

„Schon okay. Ich nehme beide Bodys und probier das halt zu Hause. Danke!"

Bevor die junge Frau die Rechnung schreibt, sagt sie zu mir:

„Wia hassn Si denn?"

„Loohneer."

„Geh bitte! Ned den Vuanaman, den Familiennaman!"

Das sorgt für gute Unterhaltung im Warteraum.

Na gut, muss mich ja nicht jeder kennen.

Auf der Rechnung stand dann übrigens: LUNERT.

Das war's dann. Ein Anzug hat gepasst. Ich musste nur die Beinchen kürzen und einen Gummizug hinten anbringen, damit das Ding nicht verrutscht. Außerdem hab ich dann gesehen, wie Shirley versucht hat, mit dem noch nicht operierten Bein den Anzug wieder loszuwerden. Also habe ich ihn auch noch mit einem Schnürl vorne ans Halsband angebunden. Mühsame Prozedur! Hat elend lang gedauert, bis mein kleiner Hund an- und wieder ausgezogen war. Vor allem vor und nach einer Pipirunde.

Nach Shirleys zweiter OP am rechten Beinchen war ich dann schon schlauer und hab ein neues System entwickelt. Allerdings fiel diese OP auch knapp in die Zeit nach meiner Hüft-OP, ging terminlich nicht anders, und ich bin auf der Straße noch mit Krücken gegangen. Wenn ich aber mit Shirley eine kleine Runde drehte, hatte ich nur eine Krücke dabei, was eigentlich nach einer OP vom Orthopäden nicht gern gesehen wird. Shirley also mit ihrem Verband am rechten Hinterbein, ohne „Strampelanzug“ versteht sich, sonst hätte sie ja nicht pinkeln können. Und natürlich an der Leine. Shirley ist immer an der Leine. Ich mit Krücke, ebenfalls an der Leine. Am anderen Ende. So gingen wir beide gemeinsam recht langsam meine Straße entlang. Sicherlich ein bizarrer Anblick. Das hat dann eine Nachbarin von mir grinsend zu folgendem Sager veranlasst:

„Ja, wie der Herr, so 's Gescherr!“

Übersetzt: Wie der Herr, so der Sklave.

Ein alter Spruch aus keiner guten alten Zeit.

Aber wenn hier schon das Wort „Sklave“ fällt, dann bin in dieser Beziehung das ja wohl eher ich als Shirley. Denn wenn ich ganz ehrlich sein soll: Manchmal denke ich, eigentlich hat sie mich ja abgerichtet. Für ihre Zwecke. Denn ich bin es ja, die meistens auf sie reagiert und nicht umgekehrt. Und damit gehöre ich höchstwahrscheinlich zum exklusiven Club der dressierten Hundebesitzer.

Soll sein, von mir aus.

Was mich besonders freut und auch besonders berührt: Shirley vertraut mir blindlings bei allem, was ich mit ihr oder für sie tue. Selbst bei einer so unangenehmen Aufforderung wie „Komm jetzt in die Dusche!", wenn sie nach einem Spaziergang auf matschigen Waldwegen wie eine Mohnnudel aussieht, macht sie das auch, obwohl sie nicht gern badet.

Ich muss da allerdings auch rein, ohne Kleider, denn wenn ich sie dusche, werde auch ich nass, von oben bis unten.

Auch „Komm her, Augen putzen, Zähne putzen!" funktioniert ohne Murren und sie lässt sich geduldig „behandeln". Und wenn sie ausgestreckt bäuchlings wie ein Frosch, Hinterhaxen nach hinten ausgestreckt, auf dem Boden liegt, was sie sehr gern macht, denkt sie nicht daran, aufzustehen, um mir Platz zu machen. Sie zuckt nicht mal mit der Wimper, wenn ich über sie drübersteige. Fühlt sich einfach sicher.

„Mir kann nichts geschehen. Das ist schon in Ordnung so!"

Stimmt! Shirley hat noch nie etwas Böses erlebt, außer dass ich sie ein einziges Mal ausnahmsweise ordentlich angeschrien habe.

Und das nicht ohne Grund: Sie hatte in meinem Garten einem Frosch ein Bein abgebissen und wollte sich auch noch den ganzen Frosch einverleiben.

Auf mein Geschrei hin hat sie in der Sekunde den Frosch losgelassen.

Zufällig habe ich diesen Frosch danach wieder einmal gesehen und war erleichtert darüber, dass er nicht gestorben ist. Zum Glück kam er mit seinen restlichen drei Beinen durchaus zurecht.

Aber normalerweise wird nicht rumgeschrien, es gibt auch keine bösen Worte und nicht den kleinsten Klaps für meine Hunde. Nicht mal damals, als Henry zwei meiner sündteuren Schuhe zerbissen hatte. Nicht einfach ein Paar! Nein, er hatte sich jeweils nur den linken vorgenommen.

Stanley hat übrigens nie etwas ruiniert. Aber er hat mit Vorliebe meine Tennissocken aus dem Korb mit Schmutzwäsche geklaut und sie versteckt. Shirley hat bis jetzt nur einen einzigen Ohrring von mir zerbissen.

Dafür räumt sie mit Leidenschaft die Handtaschen meiner Freundinnen aus, wenn sie nicht darauf achten, wo sie sie hinstellen, womöglich auf den Boden!

Shirley steckt dann ihren Kopf in die Tasche, zerfetzt am liebsten Papiertaschentücher und hat bei Gerda schon mal aus drei 20-Euro-Scheinen Konfetti gemacht.

Befehle an Shirley waren von Anfang an klare, kurze Sätze, sehr bestimmt und unmissverständlich. Und vor allem konsequent! Das ist besonders wichtig bei der Erziehung eines Terriers. Der wird ja an Sturheit nur vom Dackel übertroffen. Also haben wir immer wieder geübt! Aber es funktioniert bis heute.

Aus Erfahrung kann ich behaupten: Einen Hund interessieren keine langen Reden oder Bittgesuche in blumenreicher Sprache, Sätze wie:

„Kannst du bitte jetzt mal herkommen, sei so lieb. Komm doch bitte, na, komm schon. Na, komm jetzt endlich, sonst wird Frauli bös. Also was ist jetzt? Kommst du jetzt, bitte?!"

Könnte mir vorstellen, Hund denkt sich:

„Ich mach einfach, was ich will. Die wird schon irgendwann mal aufhören mit der Quatscherei!"

Befehle an Shirley also kurz und bündig. So versteht sie genau, was ich von ihr will. Das freut mich natürlich. Und so ist aus Shirley ein folgsamer und ausgeglichener Hund geworden, der mit anderen Hunden nicht rauft, sie nicht anpöbelt und auch nicht provoziert. Shirley schaut gelassen weg, wenn sie angepöbelt wird. Das erleichtert den Umgang mit anderen Vierbeinern bei unseren Spaziergängen enorm. Maximal ein ungehaltenes Brummen ist von ihr zu hören, wenn mal ein ausgelassener Welpe, so wie sie es ja auch war, auf sie losstürmt und sie ungestüm zum Spielen auffordert. Als erwachsener Hund mag sie das gar nicht. Welpenschutz? Na, ich weiß nicht! Die werden einfach von ihr in die Schranken gewiesen.

Aber es liegt natürlich sowieso an mir, unangenehmen Situationen aus dem Weg zu gehen. Shirley ist ja immer an der Leine. Denn in Wien ist, wie schon mal erwähnt, Leinenpflicht!

Das hat sich aber offenbar noch nicht so richtig rumgesprochen.

Denn ich treffe auf der Straße und im Wald immer wieder Hunde, die nicht an der Leine sind. Oft ist auch der Besitzer noch gar nicht zu sehen, maximal ein kleiner Punkt am Horizont, wenn mir plötzlich ein Hund leinenlos und ohne Maulkorb entgegenkommt. Und es sind nicht die kleinen Hündchen, die da angerast kommen, sondern die im Vergleich zu Shirley großen Kaliber, vom Riesenschnauzer bis zum Ridgeback.

Wie gesagt, ohne Leine, ohne Maulkorb.

Ich rufe dann jeweils dem Punkt am Horizont zu:

„Können Sie, bitte, Ihren Hund an die Leine nehmen?"

Darauf folgt meistens der klassische Satz, den jeder Hundebesitzer kennt:

„Meiner tuat nix! Ham S' womöglich a Angst um Ihr ‚Hunterl'!"

Und ich: „Ja! Wenn nämlich mein ‚Hunterl' zehn Mal größer wäre als Ihr ‚Hunterl', dann hätten Sie auch Angst um Ihr ‚Hunterl'."

Das alles geht mir unglaublich auf die Nerven. Denn wenn das Riesenvieh dann mal sehr wohl etwas täte, käme sicherlich die überraschte Meldung:

„Geh schau, des hat er noch nie gmacht!"

Und da könnte es dann zu spät sein.

Es ist, wie es ist: Das Problem ist immer am anderen Ende der Leine. Auch wenn keine da ist. Ich glaube, ehrlich gesagt, nicht, dass ein Hund von Natur aus bösartig oder aggressiv ist. Es gibt sicher Hunde, deren Angriffslust größer ist als bei anderen. Aber ich kann mir nicht vorstellen, dass ein Hund von Natur aus bissig ist. Wenn man sich einen Hund ins Haus holt, um mit ihm zu leben, dann wäre es durchaus angebracht, besonders bei großen Hunden, sich schon vorher ausreichend über Körpersprache und Verhalten des Tieres zu informieren.

Glaube schon, dass sich im Hund spiegelt, wie der Besitzer mit ihm umgeht und was er ihm womöglich schon alles angetan hat.

Je größer der Hund, umso größer die Verantwortung eines Hundebesitzers, für den friedlichen Umgang mit Menschen und anderen Hunden zu sorgen.

Achtung! Wieder mal ein erhobener Zeigefinger!

Für einen großen Hund ist ein winziges Baby, das auf dem Boden rumkrabbelt, seinem Instinkt nach einfach Beute! Daher sollte ein Baby oder ein Kleinkind mit einem Hund nicht allein gelassen werden. Darauf sollte man als Hundebesitzer unbedingt achten, damit es zu keiner Katastrophe kommt. Das kann man in jedem seriösen Werk über Hunde-Behaviour nachlesen.

Auf meinen Spaziergängen habe ich auf meine Bitte, einen Hund anzuleinen, schon die unglaublichsten Antworten bekommen:

„Gehen S' scheißen!" aus dem Mund eines zunächst scheinbar kultivierten Mannes.

Bin ja nicht wegen meiner Verdauung im Wald!

Ein anderes Mal hat mir eine junge Frau erklärt, dass sie nicht im Traum daran denke, ihren kleinen Hund an die Leine zu nehmen.

Auf meine Frage: „Ist das ein Weibchen?" kam die schnippische Antwort:

„Ja und, warum?"

„Na ja, mein Hund auch. Könnte sein, dass die beiden sich nicht vertragen. So wie ein Rüde mit einem Rüden!"

Natürlich hat sie ihren Hund nicht angeleint. Als die junge Frau näherkam, hat ihr kleiner Hund nur kurz mal die Nase hochgezogen, was Shirley natürlich ignoriert hat, aber die junge Frau hat etwas Unglaubliches zu mir gesagt:

„Warum sollten die beiden sich nicht vertragen? Ich bin ja auch eine Frau so wie Sie und hau Ihnen keine rein."

Unfassbar. Da war sogar ich sprachlos.

Mittlerweile hab ich mir eine andere Strategie zugelegt, wenn ich leinenlose Hunde mit ihren Besitzern treffe, und das passiert leider immer wieder mal.

Ich rufe jetzt schon von weitem:

„Vorsicht! Mein Hund ist krank! Ist anstekkend."

Da sollten Sie mal sehen, wie schnell ein Hund an der Leine ist.

Das funktioniert. Allerdings nur bei Leuten, die Shirley und mich nicht kennen.

Eine ganz andere Art der Kommunikation ist das Anbandeln über den Hund. Heute könnte es allerdings unter #MeToo fallen ...

Hundemenschen beginnen Gespräche im besten Fall ganz ungezwungen miteinander. Kommen durch den Hund natürlich auch viel leichter ins Gespräch als zwei Menschen, die an einer Kreuzung nebeneinanderstehen. Die reden eigentlich fast nie miteinander.

Hundemenschen fast immer! Zumindest grüßt man einander. Und das finde ich gut. Außer wenn's mal wieder um das leidige Thema geht, dass ein Hund nicht an der Leine ist, dann ist die Unterhaltung nicht unbedingt so freundlich wie üblich.

Auf meinen zahlreichen Spaziergängen im Wald mit Shirley mach ich seit langem Fotos mit meinem Handy.

Nicht von Shirley, nicht von anderen Hunden oder deren Besitzern. Mich haben schon immer Details eines Ganzen fasziniert, und seit ich ein Handy habe, ist es auch ganz leicht, sie mit der Kamera festzuhalten. Handy hab ich ja immer dabei.

Es sind Details, die zunächst nicht auf das große Ganze schließen lassen, was ich sehr spannend finde. Und für Details habe ich im Laufe der Jahre einen Blick entwickelt. Immer schon habe ich mein Umfeld sehr genau beobachtet. Menschen, Tiere, Gegenstände, egal, überall auf dieser Welt. Das hat natürlich mit meiner Neugier und meinem Beruf als Schauspielerin zu tun. Und so ist vor einiger Zeit, durch meine Spaziergänge mit Shirley, auch der Wald vor meiner Haustür zu meinem fotografischen Jagdgebiet geworden.

Während Shirley so am Wegrand rumschnüffelt, entdecke ich oft unter einem Blatt auf dem Boden oder ganz unten an einem Baum ein besonderes Holzteilchen, das mir gefällt. Etwas, das jemand anderer vermutlich nicht mal sieht. Shirley muss sich dann hinsetzen und ich knie auf dem Boden oder krieche unter einen Strauch, um das bizarre Stückchen Holz zu fotografieren.

Was dabei herauskommt, regt jeweils die Fantasie der Betrachter an. Denn jeder hat bisher in meinen Bildern etwas anderes entdeckt: eine Tropfsteinhöhle, eine bizarre Blume oder eine Brotrinde. In Wahrheit aber geht es immer um altes Holz.

Irgendwann hatte ich die Idee, diese Fotos auch auszustellen. Ich habe einen Freund von mir, einen Kunstexperten, gefragt:

„Meinst du, ich kann das auch öffentlich herzeigen, ohne in der Ecke der Möchtegernkünstler zu landen?"

Ich wusste, ich kann mich auf sein Urteil verlassen. Als Freund muss er mir nicht schmeicheln. Wozu auch. Aufrichtigkeit ist ein wesentlicher Punkt in einer Freundschaft.

„Das ist durchaus interessant, was du da machst. Find ich spannend. Ich helfe dir dabei."

Und so kam es zu meiner ersten Vernissage im Restaurant Hansen in Wien. Ich war total aufgeregt! War ich doch ein Neuling auf dem Gebiet der Fotografie und wusste nicht, wie meine Arbeit von Publikum und Presse aufgenommen würde!

Nachdem ich ein öffentlicher Mensch bin, habe ich immer etwas Bauchweh, wenn ich etwas Neues präsentiere. In unserem Land neigt man ja dazu, Menschen in eine Schublade zu stecken, und dort sollen sie dann auch bleiben.

Also Fernsehsprecherin forever!

Ich aber glaube, wenn ein Mensch kreativ ist, eine künstlerische Ader hat, dann durchaus auch für viele verschiedene Bereiche.

Ich erinnere mich noch gut an mein erstes Buch: „Keiner liebt mich so wie ich oder die Kunst, in Harmonie zu leben“.

Da gab es Kommentare wie:

„Jetzt schreibt sie auch noch! Geh bitte.“

Ja, und dann haben in nicht mal einem ganzen Jahr 150.000 Menschen mein Buch gekauft! Herzlichen Dank an dieser Stelle.

Das Buch wurde ein Megabestseller.

„Zufall“, wie einige fanden.

Und jetzt heißt es vielleicht:

„Jetzt fotografiert sie auch noch!“

Zu meiner großen Freude gefielen die Fotos. Und wie schon im Freundeskreis, sah auch bei der Vernissage jeder etwas anderes darin. Es hat mich ganz besonders gefreut, damit die Fantasie der Menschen anzuregen. Und es bestärkte mich auch, weiterzumachen.

Und Shirley ist dabei, wenn ich im Wald auf dem Boden rumkrieche. Und nicht nur einmal hat ein Spaziergänger zu mir gesagt:

„Haben Sie etwas verloren, Frau Lohner?"

„Nein, danke. Ich habe etwas gefunden!"

Und so ist das Projekt „Findungen" entstanden.

Finden Sie auch auf meiner Website:

www.chrislohner.com

Macht mir nach wie vor großen Spaß!

Shirley hat mich auch bei einer Kampagne für „Licht für die Welt" inspiriert. Zahlreiche öffentliche Menschen und alle Interessierten wurden aufgefordert, rund um das Blindenzeichen, um die drei schwarzen Punkte, ein Bild nach ihrer Fantasie zu gestalten. Zum Beispiel eine Blume, einen Käfer, ein Gesicht. Aus allen gestalteten Blindenzeichen entstand eine Plane, die vom Dach des Stephansdoms entrollt wurde. Und damit hat „Licht für die Welt" ein unübersehbares Zeichen gesetzt und Bewusstsein geschaffen, Blinden und Sehbehinderten weltweit zu helfen. Als Botschafterin von „Licht für die Welt“ habe ich natürlich auch Shirley dafür eingesetzt. Ich habe sie für diese Aktion gezeichnet und damit hat auch sie geholfen, wie Sie selbst sehen können.

Präsentationen, Fernsehen, Theater, Lesungen oder andere Veranstaltungen, die mein berufliches Leben ausmachen, finden natürlich ohne Shirley statt. Und wenn ich nicht mehr als fünf Stunden unterwegs bin, dann bleibt Shirley allein zu Hause.

Das ist nicht gerade etwas, das sich ein Hund für sein Leben wünscht, denn Hunde sind gesellige Geschöpfe. Also habe ich gleich zu Beginn unserer Beziehung Shirley schrittweise daran gewöhnt, allein zu sein. Mehr als fünf Stunden allerdings nie! Mag mir ja auch nicht vorstellen, dass man mich stundenlang nicht auf die Toilette lässt. Wenn ich aber nicht ganz sicher bin, ob ich es in diesem Zeitraum schaffe, dann hilft mir meine junge Freundin und Nachbarin Christine, die wie Schneewittchen aussieht. Sie schaut dann kurz mal nach Shirley und ich bin beruhigt. Meistens bekomme ich dann auch noch eine SMS von ihr:

„Kannst dich noch rumtreiben. Alles in Ordnung!"

Auch Christine wird von Shirley geliebt und umgekehrt.

Wenn ich aber länger weg bin, wie im Urlaub oder mit „Licht für die Welt" auf einer Projektreise in Afrika, dann ist Shirley bei Gerda Rogers. Und Gerda freut sich auch immer darauf! Sie liebt meinen kleinen Hund über alles und sieht sich als Hunde-Omi.

Und das hat in ihrem Fall durchaus Berechtigung: Denn so wie die meisten Omis, die ihre Enkelkinder verwöhnen, so verwöhnt Gerda meinen kleinen Hund. Bei ihr darf Shirley alles, was sie bei mir nicht darf. Und deshalb frage ich auch Gerda nicht, was sie eigentlich in einer Badener Konditorei mit Shirley so macht ...

Das Highlight für Shirley bei Gerda war lange Zeit hindurch Maxi, der Malteser von Thomas Karmina, Ö3-Kollege von Gerda, der ebenfalls „Urlaub" bei Gerda machte.

Da ging's dann rund! Die beiden haben sich auf Anhieb wunderbar verstanden. Schon deshalb, weil Maxi, die gute Seele, sich einfach alles von meiner Domina gefallen ließ. Selbst beim Fressen hat er ihr den Vortritt gelassen und sie, die Alpha-Maus, hat sich danach auch noch auf seine Schüssel gestürzt. Aber bevor Maxi dem Verhungern nahe war, hat Gerda dem ein Ende gemacht. Fütterungen nur mehr getrennt.

Allerdings konnte Gerda in ihrer unendlichen Liebe zu meiner Shirley nicht ihrem nicht enden wollenden Geraunze, wenn es um Leckerlis ging, widerstehen. Gerda hat sich meistens erweichen lassen.

Shirleys Raunzerei und Fressgier ist dazu auch noch mit den Jahren ärger geworden. Wie überhaupt ihr ganzes Auftreten, wenn sie etwas will. Da lässt sie einfach nicht locker. Mit Bestimmtheit baut sie sich manchmal ungehalten vor mir auf, um ihren Willen durchzusetzen. Auch vermisse ich den treuen Hundeblick, von dem man so oft hört. Den suche ich bei ihr vergebens. Ihr Blick ist extrem fordernd, wenn sie etwas will, und es ist nicht leicht, das zu ignorieren.

Ihr Geraunze um Leckerlis höre ich allerdings nicht mehr. Ich habe gelernt, es auszublenden.

Gerda aber leidet, was ich ja gut verstehen kann, und gibt halt dann nach, weil sie es nicht mehr aushält.

So kam es schon mal vor, dass ich, wenn Shirley für eine längere Zeit bei Gerda gewesen war und ich sie danach abholte, Gerda gefragt habe:

„Sag mal, hat sie dich wieder mal weichgeklopft mit ihrer Fressgier? Sie kommt mir irgendwie ein wenig blunziger vor als vorher."

Und Gerda:

„Nein, nein, das kommt dir nur so vor. Ihr Fell ist dichter geworden."

Na ja, meines wird auch manchmal dichter, wenn ich zu viel gegessen habe.

Bis auf ihre Reaktionen auf Gewitter und Knallkörper, bis auf ihre Fressgier ist Shirley ein unkomplizierter Hund. Da fällt mir ein: Wasserscheu ist sie auch. Für alle Kekse dieser Welt würde sie nicht ins Wasser gehen. Zum Beispiel im Sommer, auf Urlaub in Kärnten, wenn ich in einem alten Moorsee schwimmen geh, kann ich sie nicht ins Wasser locken.

Sie steht dann mit meiner Freundin Hannelore am Ufer, schaut mir gebannt zu und passt genau auf, dass sie ja nicht auch nur mit einem Bein nass wird.

Das hat auch Vorteile, denn seit ich selbst einen Pool habe, muss ich nicht befürchten, dass sie in einem unbeobachteten Augenblick womöglich reinspringt. Henry hätte das schon gemacht. Er war ja ein leidenschaftlicher Schwimmer.

Ich liebe Shirley über alles, ihre starke Persönlichkeit, ihre Originalität, ihre Frechheit und ihre Zuneigung zu mir. Außerdem ist sie auch ein besonders hübscher Hund!

Natürlich weiß ich schon, dass es nicht nur reine Liebe ist, die sie für mich empfindet. Sie ist auch deshalb kontrollartig hinter mir her, weil ich ja diejenige bin, die für den Fressnapf und die Kekse zuständig ist.

So wie sie im Laufe der Jahre gelernt hat, was ich von ihr will, so hab ich gelernt, was sie nicht mag:

Blitz
Donner
Feuerwerk
Autofahren
Schwimmen

Und weil ich das alles mittlerweile weiß, kann ich damit entsprechend umgehen.

Shirley hat sich zu einem wunderbaren, liebenswerten Hund entwickelt, mit einer starken Persönlichkeit! Intelligent, aufmerksam, lustig, friedlich und vor allem sehr freundlich. Ich kenne keinen Hund, der fast permanent mit dem Schwanz wedelt und sich so ausdrucksstark des Lebens freut wie meine Shirley. Sie ist auch unkompliziert in Sachen Tierarzt und Körperpflege, sie kuschelt gern, spielt gern und bringt charmanterweise meinen Besuchern jeweils eines ihrer Spielsachen als Geschenk. Außerdem rollt sie sich bei jedem Besucher immer sofort zur Begrüßung auf den Rücken, wie schon damals auf der Wiese bei Tulln, um am Bäuchlein gekrault zu werden. Das macht sie so beim Rauchfangkehrer, beim Installateur, beim Elektriker, einfach bei jedem, der in mein Haus kommt.

Ich habe noch niemanden getroffen, der von ihr nicht entzückt war.

Wir zwei Alpha-Mädels haben es sehr fein miteinander. Ich hoffe, dass das noch sehr lange so bleibt …

Aber sollte Shirley eines Tages nicht mehr da sein, dann wird es auch keinen Nachfolger mehr geben. Das steht ein für allemal fest. Auch der bezauberndste Welpe wird dann keine Chance haben, bei mir zu landen. Shirley ist und bleibt mein wunderbarer letzter Hund in meinem Leben. So haben wir das beide ausgemacht.

An jenem Tag im Sommer, am 14. Juli 2018, als ich anlässlich meinen 75. Geburtstages an die 200 Gäste zu einem großen Fest zu Gunsten von „Licht für die Welt“ ins Concordia Schlössl in Wien eingeladen hatte, ist Shirley zehn Jahre alt geworden. Also kein junger Hund mehr, aber sie ist lustig und vergnügt, spielt noch wie ein junger Hund, obwohl sie teilweise schon den grauen Star hat. Aber ihre Ohren und vor allem ihre Nase sind in Höchstform.

Ihr entgeht nichts! Jeder, der an meinem Haus vorbeigeht, wird gemeldet. Jede Ameise, die sich meiner Terrasse nähert, wird verbellt. Shirley hört alles! Die ideale Alarmanlage.

Gerade jetzt, während ich diese Zeilen schreibe, steht sie wieder mal neben mir, keppelt mit mir, dass ich jetzt aufhören soll mit dem Schreiben, weil ja Essenszeit ist, und tappt mit ihrer Pfote auf meinem Fuß rum. Ich kann es nicht erklären, aber man kann die

Uhr nach ihr stellen. Auf die Sekunde genau verlangt sie jeden Tag am Nachmittag ihre zweite Ration Futter. Obwohl ich genau weiß, dass sie die Uhr nicht lesen kann und auch keine hat.

Also höre ich jetzt auf, obwohl ich ihr schon einige Male gesagt habe:

„Ich schreib gerade ein Buch über dich. Also sei nicht so lästig!"

Das ist ihr natürlich egal. Weil sie ja nicht lesen kann.

Noch nicht ...

Falls Sie gern mehr über diese zauberhaften Terrier wissen wollen, bitte sehr:

DER CAIRN TERRIER

Herkunftsland: Schottland
Schulterhöhe: 28–32 cm
Gewicht: 6–8 kg
Alter: 12–15 Jahre
Farbe: Creme, Weizen, Rot, Grau
Verwendung: Begleithund, Familienhund
Der Cairn Terrier (sprich: Kern) ist ein kleiner, robuster Hund mit einer starken Persönlichkeit und dem typischen Terrier-Schneid. Bei klarer Führung, sorgfältiger Sozialisation und konsequenter Erziehung ist der Cairn Terrier ein liebenswerter und anpassungsfähiger Begleiter, der niemals Langeweile aufkommen lässt.

Herkunft und Geschichtliches

Der Cairn Terrier gehört zu den ältesten Terriern Schottlands und hat auch zur Entstehung des Scottish Terriers und des West Highland White Terriers beigetragen.

Das Wort „Cairn“ leitet sich vom gälischen „carn“ ab und bedeutet übersetzt Steinhaufen. In seiner Heimat, dem schottischen Hochland, war er auf die Dachs- und Fuchsjagd in steinigem Gelände spezialisiert.

Erst Anfang des 20. Jahrhunderts kam der Cairn Terrier über Schottlands Grenzen hinaus und erfreut sich seit Jahren auch in Europa steigender Beliebtheit.

Erscheinungsbild

Der Cairn Terrier hat sich sein ursprüngliches Aussehen bis heute fast unverändert bewahrt. Er ist mit seinen ca. 30 Zentimetern Schulterhöhe ein kleiner, kompakter Hund mit spitzen Stehohren, dunklen Augen mit struppigen Brauen und einer fröhlich aufrecht getragenen Rute.

Das Fell des Cairn Terriers ist den klimatischen Bedingungen seines Heimatlandes angepasst: Es besteht aus harschem, üppigem Deckhaar und viel dichter Unterwolle und bietet so den idealen Schutz vor Kälte, Wind und Nässe. Der Cairn Terrier wird in den Farben Creme, Weizen, Rot, Grau oder Grauschwarz gezüchtet. Bei allen Farbvarianten kann auch eine Strömung vorkommen.

Charakter und Wesensart

Der Cairn Terrier ist ein aktiver, robuster, intelligenter und fröhlicher kleiner Hund. Wie die meisten Terrier-Rassen zeichnet sich auch der Cairn Terrier durch viel Mut, Selbstsicherheit und Furchtlosigkeit aus. Sein selbstbewusstes Auftreten – auch gegenüber viel größeren Hunden – geht in Richtung Selbstüberschätzung.

Obwohl er von sich aus nicht aggressiv und zu fremden Menschen freundlich ist, geht der schneidige Terrier auch keinem Streit mit anderen Hunden aus dem Weg, ist überaus wachsam und bellfreudig.

Der temperamentvolle Cairn Terrier hat eine sehr starke Persönlichkeit und braucht eine konsequente Erziehung. Er muss früh an fremde Hunde gewöhnt werden und benötigt von klein auf eine klare Führung und deutliche Grenzen, die er in charmanter Terrier-Manier auch immer wieder in Frage stellen wird.

Bei konsequenter Erziehung ist der Cairn Terrier ein überaus anpassungsfähiger, liebenswerter und freundlicher Begleiter, der sich auf dem Land ebenso wohl fühlt wie in einer Stadtwohnung. Er braucht jedoch Beschäftigung und liebt den Aufenthalt im Freien, egal bei welchem Wetter.

Das Fell des Cairn Terriers ist pflegeleicht und haart kaum. Die Haarpflege besteht aus regelmäßigem Bürsten und gelegentlichem Trimmen.

Sollten Sie sich vielleicht irgendwann für einen Cairn Terrier entscheiden, kann ich Ihnen dazu nur gratulieren.

Humorvoll Sinnliches
Wonnig, Witzig, Wollig!

Chris Lohner

Wolllust

ISBN 978-3-903113-16-9
160 Seiten, € 19,80

„Mit Humor kann man alles sagen!" – Und weil Chris Lohner das so sieht, packt sie wieder mal aus und schert sich nicht um die alten Tabus, die ihre Jugendzeit bestimmt haben.

Jungfräulichkeit ein höchstes Gut? Selbstbefriedigung gefährlich? Vom Küssen wirst du schwanger! Sex und Liebe überhaupt! Geht gar nicht, wenn man in den 50er Jahren unterwegs war. Naturgemäß gab es deshalb von der jungen Lohner einiges aufzuholen. Was sie alles mit ihrer alten Freundin Irmi erlebt – die sich im wahrsten Sinne des Wortes ständig in irgendwelchen, auch erotischen Verstrickungen befindet –, auch das wird hier political uncorrect erzählt. Weil's eh egal ist. Mit 73 Jahren kann man alles sagen, meint die Autorin. Nicht zu vergessen, dass sie dabei auch wolllüstigerweise interessante Aspekte rund ums Stricken entdeckt.

echomedia
BUCHVERLAG
www.echomedia-buch.at